末班車的神明大人
—首班車的五點之後—
作者 阿川大樹
繪者 左萱

目錄

第一話

首班車的五點之後

星期五是乘坐末班車上班的日子。

JR阿佐谷車站，午夜十二點二十四分發車，清水莊二郎乘坐中央線往東京上行列車（註1）的末班車，然後在往常的新宿車站下了車。過了十二點的街上，更有八月最後一個星期五的夜晚餘韻。

每當他穿過等待下行列車的排隊人龍，酒精的臭味就會撲鼻而來。

這在他剛從事這份工作時，實在是讓他感到很不舒服。不過現在他已習以為常，對於準備要去工作的自己來說，反而成了一種激勵般的存在。

大家都喝醉了，而自己正準備開始一天的工作，這讓他有種莫名的興奮感。

不管是腳步搖搖晃晃的中年男子，還是一群大聲聊天的OL（註2）們，在幾個小時前，所有人都還在工作。而這些人在結束了一天工作後，度過一段短暫的歡樂時光，現在正準備從此地返回家中。

註1　上行列車：日本的鐵路以東京為中心，接近東京的列車稱為「上行」，遠離東京的列車則稱為「下行」。

註2　OL：和製英語 Office Lady 的略稱，意指辦公室女職員。

並不是說要去工作的人就比喝酒的人還要來得偉大。

其實他自己也很清楚，只是為了前往那說不上是開心的工作，他得讓自己保有這種興奮感，儘管有些勉強，他也已經習慣讓自己這樣想。

莊二郎在「喜多方拉麵」的轉角處，拐進眼前狹小的巷弄——「回憶橫丁」（註3），這裡的人煙稀少。

現在剛好是準備回家的人們，趕在末班車跑掉前，一同湧進車站、從街道上消失的時刻。不過空氣中，還殘留著白天超過三十二度的溫度。

儘管如此，在莊二郎經過看到的店內，依然有很多客人待在裡頭。看來這條街，打算從那些早已放棄追趕末班車，或是一開始就沒有要搭末班車回去的人們身上，繼續榨取錢財吧。

在橫丁這條街的中間地段，有處螢光燈特別耀眼的地方，那裡聚集了一些人。一旁角落有一個L形吧檯，那是一間讓人站著用餐的蕎麥麵店。正確來說，那裡也不是真的讓人「站著用餐」，因為吧檯處是有椅子的。

註3　回憶橫丁：東京新宿區的知名景點，是條充滿戰後昭和氣息的居酒屋街。

他已經習慣在上工前，繞去「鶴屋」這間店。

店裡有位綁著頭巾的男人，如往常一樣，將笊籬（註4）從冒著蒸氣的大鍋中拿起，接著瀝乾裡頭的水分。

坐在吧檯長桌處的全是白人，外頭還站著幾名白人圍在一旁，其中還包含兩位女性。

這是莊二郎早已看慣的景象。

住在西口附近旅館的外國觀光客們，為了尋求異國風情，就會來這種擠滿狹小店家的回憶橫丁或是黃金街看一眼。少了那些已乘坐末班車回去的日本人，這些外國人的存在就變得格外顯眼。

鶴屋的菜單上，同時還附有編號跟英文。

這時，莊二郎面前的位子剛好空了出來，他看了一下周遭的外國觀光客，卻沒有任何一人打算坐下。

「請坐吧，那些外國人也只是在一旁觀看而已。」

聽老闆這麼說道，莊二郎便跟著入座。

註4　笊籬：一種烹飪器具，用來撈取食物，使之與油或湯水分離。

「老樣子嗎？」

「對，炸什錦蕎麥麵，再加一顆蛋。」

「收到。」

就在老闆將麵放入滾燙熱水時，坐在吧檯吃著麵的老外，開始向老闆搭起話來。

老闆盯著眼前說話的人，微微皺起了眉頭，看來他好像聽不懂對方在說什麼。接著他立刻轉向莊二郎，尋求協助。

「他們好像是想要兩人吃一碗，所以想跟你要個東西裝。」

「啊，原來是這樣啊。」在莊二郎出手相救後，老闆才調回視線，同時用他的長手拿起架上的碗，遞給那名外國客人。

「Muchas Gracias（註5）」

「歐K、歐K，YOU啊威兒康。」

面對用西班牙語道謝的客人，老板則是以片假名的發音，回以英文給對方。

那名外國客人笨拙地將蕎麥麵分進空碗裡，接著遞給站在後方的數名同伴。後

註5　Muchas Gracias：西班牙語，非常感謝之意。

方的一行人就像個孩子般，一邊嚷嚷著一邊吸麵。他們好像不太會用筷子，不過倒也挺樂在其中。

「錢我放在這裡。」

「謝謝，您真的幫了我一個大忙呢。原來您不只會英文，連西班牙文也會呀。」

「老闆知道剛剛那是西班牙文嗎？」

「哎呀，畢竟我是做生意的，所以您好、謝謝這些還能聽得懂。」

「多謝款待，我吃飽了。」

「是說，我們的店好像登上了那些外國人的觀光書，還是網路之類的……」

「我有看到。還有菜單和價格，就連點餐的方法都寫上去了。」

「原來是這樣啊。」

滿臉皺紋的老闆臉上浮現了笑意。

「一直以來承蒙您的關照啊，工作加油哦。」

「格拉西亞斯。」

莊二郎用片假名的發音道謝後，便離開了店面。

新宿是一條多國籍人士出沒的街區。

穿過歌舞伎町來到的地方是職安通，再過去便是新大久保，旁邊就是韓國城，裡頭也有不少中國企業的老闆。除此之外，還有在小吃店及風俗店工作的亞洲員工、東歐系的女人還有一大群拉客的非洲男人。他們都在這個街區工作或居住生活，是當地的居民。

撇除這些當地外國人，其餘的便是從外地來的國外觀光客。

那些洋人們會將主題秀餐廳——裡頭會有巨大機器人乘坐著華麗花車，在舞臺上有餘興節目演出的餐廳；以及僅容得下幾個人，卻有兩百間以上的木造長屋小酒吧，鱗次櫛比佇立其中的「黃金街」；還有在狹窄的巷弄內，一間間小型居酒屋並列兩側的「回憶橫丁」等地，視為與富士山、淺草寺及秋葉原一樣，同為「富有日本風」的觀光景點，慕名而來。

今天可真是個好日子，一開始就幫助到人。

如果這種日子去買個彩券，搞不好會中獎？就在莊二郎穿過新宿大高架橋，從彩券行轉進歌舞伎町時，不禁這麼想道。

那群說西班牙話的外國人，真的懂蕎麥麵的美味嗎？

他們並沒有在吃麵時發出聲音的習慣，也不知道如何將一個燙到會冒蒸氣的東西，在放入嘴巴前先將它弄涼。因此在吃那些麵食時，他們很難不去燙到嘴巴，就連用筷子把細麵夾到嘴邊，對那些人來說也很困難。壽司每一個人都會吃，但是只有洋人老饕，才懂得如何吃蕎麥麵。

歌舞伎町一番街的人煙也很稀少。

沒過多久，莊二郎便來到一群人站在外頭拉客的區域。

「先生要不要進來續攤啊？」

「我們這裡有漂亮的小姐哦。」

「要不要進來按摩呢？」

一個大男人在深夜裡，獨自走在這條街區上，著實有些麻煩。

許多店家都想在早上以前，從那些沒搭到末班車的客人身上再撈一把，所以會派人在店外拉客，導致莊二郎時不時就會被那些人攔下。

不過趕時間的話，只要帶著氣勢大步流星地走過，他們就會驚慌地讓出路來，就像摩西分海那樣。

畢竟只要稍微觸碰到對方，就會違反東京都條例（註6）。歌舞伎町的中心地區

註6　東京都條例：為日本地方政府律法，條例禁止的行為包括黃牛、痴漢、纏擾、發放色情傳單、強賣、偷拍、偷窺、攬客、星探等等。

到處都設有監視攝影機，他們可不想惹是生非。

「羅馬尼亞。」

有個男人湊近莊二郎耳邊，只說著這麼一句話，那是某個遙遠國家的名字。這些人低聲私語念的國名，大概都是東歐那裡的國家。如果那些國家的人知道，自己國家的名字被用來暗喻一些不正經行業的話，真不知道會作何感想。

他可沒有閒工夫去理會他們。

莊二郎穿梭在悶熱的空氣中，超越好幾名喝醉的路人，朝深夜的娛樂場所走去。

隨著一路向北，特種行業的店家跟男公關俱樂部的招牌也跟著增多。赤裸裸的慾望和圍繞著它的野心，在這個街區成了另一種風景。

過了花道通之後，整條街都是賓館街，一直連到職安通去。莊二郎越靠近那區，身旁就出現越多和他朝著同個方向前進的情侶。

莊二郎是從事這份工作之後，才知道這一區的賓館數量，足足占了全國數量的百分之一以上。儘管這街區看似對慾望毫不掩飾，但獨自走在街上的女性也是不少。穿著清涼並帶有挑逗意味的女性，可以在深夜一人持著要價好幾萬日圓的智慧型手機，走在路上講電話。這裡明明有很多不正當的場所，卻也逐漸脫離一般世俗所認定的危險街區。

左右兩側的熱鬧燈光跟著消失，他也快走到賓館街了。

從剛才開始，就有一對情侶走在莊二郎的前方，女方看起來非常積極。

莊二郎每天都走在同條路上，不知不覺也養成他在路上看見那些情侶，便會去幻想他們是怎樣的關係。而事實是如何，他既不知道也沒有必要知道，因為他只是拿來打發時間罷了。

莊二郎會時刻提醒自己，盡量別超越走在前方的那些情侶們。不過自己的這份貼心舉動，換取他的自由幻想應該也稍微不為過吧？他在後方觀察著兩人，從他們的服裝、髮型還有走路的方式，描繪出兩人的關係、職業以及交往多久。當然，這些背景設定也只是他隨便瞎猜的。

就在他將身穿白色夾克的女人設定為二十八歲，將身形有點瘦過頭、一身藏青色西裝的男人設定為二十三歲的時候，兩人的身影便消失在賓館的入口處。

莊二郎鬆了一口氣，把走路速度調回原本的步調。過沒多久，就抵達他上班的地方。

「Hotel Sputnik」。

在莫斯科跟聖彼得堡也存在著同樣名字的飯店。當然，和這間賓館沒有任何關係。

要是比六十歲的自己還要年長的年代，或許曾經聽過這個名字吧。那是舊蘇聯過去在世界史上，第一顆打上去的人造衛星名。入口處的霓虹燈招牌被做成那顆衛星的樣子，和四周一閃一閃的星星裝飾一同發著光。

對於那些知道人造衛星的人來說，他們應該會覺得這名字很老派。不過因為房間內是採用未來感的設計，所以好像有滿多人喜歡這種非日常光景的感覺，網站上的評價也似乎博得不少年輕情侶的好評。

Sputnik 大概在晚上八點左右，就會被那些吃飽飯上門光顧的情侶占滿，屬於「休息」到末班車以前的客人。等到那些客人離開後，就會有人與準備搭電車回去的早班清潔人員交接剩下的工作。此時就是身為「晚班幫手」的莊二郎，準備出勤的時刻，也意味著自己的一天即將開始。

「清水先生，麻煩幫我檢查一下七〇一號房的排水，他們說是衛浴室那裡。」

莊二郎在員工休息室才剛打好卡，就收到經理的指示。

他也早已習慣不知從何時開始，只要是與用水系統有關的問題，通通成了自己的職務之一。

這是他長年在國外生活下所習得的技能。

不管是委內瑞拉、奈及利亞還是智利，自家的用水系統出問題可謂家常便飯。就連歐洲的先進國家也是，不過和日本不同的地方在於，無論是和房東反映還是打電話給水電，對方大概都不會立即來處理。他們會端出一些理由，連看都不會來看。就算來了也會說沒有零件，必須再等個好幾天才行。如果想要過得舒適，那就得自己修理衛浴室或是廁所。

莊二郎換上工作服，隨後前往七樓的套房。今天是和八神小姐一起搭檔。

他打開房門，先將兩個地方的換氣扇位置轉到「強」，單調的迴旋聲開始迴盪在室內。

賓館內的換氣跟用水系統，一直以來都比一般家庭和普通飯店做得還要給力。

這是莊二郎參加大學網球社的畢業生聚會時，從一位幾十年沒見，就讀建築科的同屆畢業生那裡聽來的。據說賓館裡的衛浴一天會用個好幾輪，光是這樣就容易造成設備上的問題。要是不在客人退房的時候，趕緊進去清掃、換氣以及更換備品，房間的翻房率就無法提升。客人可不喜歡在前檯等待。所以建築物內的管線才會做得比較粗，換氣速度也會比較快。而 Sputnik 這裡也不例外。

由於各地的自治行政區在針對特殊行業的「風紀上」，採取嚴格的規範措施，導致很多房子就算老化也無法改建。在不能重建的情況下，就必須讓使用年限延長，也就是將建築物的生命——用水系統做得耐用點。

莊二郎就是這麼認真地聽完這些事。而當時的他從未想過，自己有一天會去這種地方工作。

四周都是玻璃的獨立衛浴地板上，積了好幾公分的水灘。水面上還覆蓋著一些油脂，就像浮在涮涮鍋上的雜質。莊二郎戴上橡皮手套，徒手將地漏蓋拆開，然後把手指戳進裡頭。

「是這個嗎？」

他喃喃自語說著，接著便把手指頂到的東西拉出來。就和他想的一樣，是保險套堵住了排水口。

所以是在這裡做了吧。

不過那個人，為何要做完之後再把地漏蓋裝回去呢？

這棟獨特的建築物，會在許多不可思議的地方，出現許多奇妙的東西。

水、酒還有其他有黏性的各式液體、軟硬程度不一的各種紙類、牙刷、生理用品、菸蒂、隱形眼鏡、耳環、戒指、皮帶、眼罩、打結的繩子、電池、飲料瓶、鬆緊帶、內衣褲、脫落的假睫毛、一堆被稱之為「玩具」的用品、襪子、蔬菜、刮鬍刀……

可以想像得到的東西、根本無法想像的東西，真的是五花八門，被丟在許多不合理的地方，等到之後才被人發現。

像是斷在廁所地板上滾動的小黃瓜、銬在床頭板間的手銬、綁在衣櫃內衣架上的絲襪、被帶進浴室裡的鞋拔、被丟在房間角落，揉成一團團的大量絕緣膠帶、沾滿番茄醬的枕頭、被捲成棒狀的報紙、裝有謎樣液體被放在浴室裡的咖啡杯、掉在地板上的玩具水槍、被放倒在地，桌腳朝天的小木桌。

那畫面就像是某個前衛的現代美術作品，一旁還附上一張「渾沌世代表現」的解釋名牌。這對莊二郎來說，通通都是他的日常光景。

那些情侶的獨創性實在非常驚人。

他們會把奇妙的東西帶進來，也會將房內所有物品用好用滿才走。只是他們在使用那些東西時，絕不會用同樣在自己房內會使用的方法。

在賓館裡的他們就像個孩子一樣，發現了大人們意想不到的遊玩方式，搖身一變成為了玩樂天才。

雖然這是莊二郎自己選擇的工作，不過在最一開始時，房內殘留的那些赤裸痕跡，簡直令他厭惡不已。

對於從未到過賓館休息的莊二郎來說，光是利用賓館這件事就讓他有種罪惡感。他認為幫別人的性行為善後，是一件十分悲慘的工作。在他第一次碰到他人使用過的保險套時，還差點吐了出來。早知道就不要做了。當時的他心裡是非常後悔的。

然而現在不同了。

他發現了一件事。

來這裡的客人，都是遠離了他們的日常，忘記自己平常生活的世界，一心沉迷在遊樂裡。這裡就像是大人們都會戴著圓形老鼠的耳朵，笑容滿面地走在遊樂園般的地方。如字面上的意思，成為一個赤裸裸的人，用盡全力地使用他們的肉體與腦袋，打從心底及整個身心去給予喜悅、享受喜悅。

並非是他曾看過這樣的場面，即便是一次也沒有看過。

只是這些人殘留下來的痕跡，有時候會讓莊二郎覺得，那是他們綻放光輝時刻的餘燼。

在這裡度過時光的兩人，是受到祝福的一對嗎？還是忍受世俗眼光、受人輕蔑的一對？莊二郎也不知道。

不管外面的世界是怎麼看待兩人的關係，大多數的情侶們待在這裡的期間，都是非常熱情、激情甚至可以說是誠實的、深感同情的。

「七〇一，排水弄好了，十五分鐘後會結束作業。」

莊二郎透過耳麥向經理報告。

「了解，現在有兩組在等待，準備好之後再跟我說。」

莊二郎的搭檔八神小姐，此時也結束了床鋪的整理，正準備擺放備品來到了脫衣間前。

八神小姐總是會在房間打掃完的最後，噴灑除臭噴霧，讓香味擴散到房內。

雖說是工作的地方，但是一開始，要莊二郎和一位女性單獨待在留有性愛痕跡的賓館房間，實在讓他很尷尬。不過身為前輩的八神小姐似乎早已習慣，看起來一點也不介意。

八神小姐四十五歲。

儘管她比莊二郎年輕十五歲，但她都不會化妝，總是穿著 UNIQLO 的 Polo 衫就來上班。

「妳如果化妝的話，一定會很漂亮的。」莊二郎曾經在休息時間對她這麼說道。他原先是想稱讚她才向她搭話，但是八神小姐卻露出些許嫌惡的表情回道：「我已經受夠男人了。」在那之後，兩人便再也沒有繼續對話。

莊二郎並不是希望八神小姐能喜歡自己，他只是覺得，要是她願意露出笑容，一定是個美人。所以如果可以，他很希望自己能讓對方發自內心的笑。

他對她並沒有戀愛的情感，或許這樣說很不負責任，可能也單純只是出於好奇，不過以她的年齡來說，還可以去嘗試各種工作，為何要來當深夜時間的賓館雜工呢？莊二郎不免替她覺得可惜。

其實他自己也不是處在多麼幸福的狀態。

如果可以自費出版自己的一生，那他會想要把標題訂成「潦倒的人生」。而這樣的自己，為什麼會替他人覺得可惜呢？

莊二郎一邊想著，一邊用拖把輕輕地將沖洗完的衛浴室、浴室的地板及浴缸大略擦拭一遍，然後再把放置在旁拿來吹乾地板的電風扇，轉向浴室方向讓它開始運轉。

接著莊二郎拿起了仿麂皮吸水毛巾，準備進入最後的清潔動作，也就是將水龍頭上的金屬處、浴室的鏡子及衛浴室玻璃窗上的水珠擦拭乾淨。

就在這個時候，他聽到了一陣歌聲。

這是什麼旋律？莊二郎停下手邊動作，認真地聽了一下，但他聽到的只有風扇聲。

是我聽錯了嗎？

「你那裡結束之後，就全部完成了。」

八神小姐正在填寫文件夾板上的確認欄。

「七〇一號室，打掃完畢。」

莊二郎用耳麥報告完畢後，就把用完的仿麂皮吸水毛巾，丟入清潔手推車的籃子裡，再將拔掉電源插頭的電風扇拎起，隨後離開了房間。

「禁止打瞌睡。」

「打瞌睡的客人，本店將請您離開。」

上頭用著明體書寫的斗大告示，依舊起不了任何作用。今天在AIDA咖啡館的客人，有一大半的人都垂著頭不動，時不時還會傳來不知是誰的打呼聲。

莊二郎將身上行李放在牆邊的座位處，接著到櫃檯拿取他的三明治跟咖啡，隨後回到了座位上。

累死了。現在的時間剛過凌晨三點半，雖然他只工作了兩個小時半，不過今天的翻床率很好，所以幾乎沒有時間可以休息。

莊二郎就和往常一樣，得在這間二十四小時營業的店內打發時間，直到首班車發車為止。

一般在半夜兩點多後，大部分的客人也都完成了入住手續，所以到天亮為止，他都沒什麼工作可做。而賓館業者為了節省一些人事費用，像莊二郎這類的臨時員工，就會被趕到街上去。

交通費一律是一天一千日圓，沒有補助計程車費，所以他必須在首班車發車前，找個地方待著好消磨時間。

莊二郎偶爾會在氣候不錯的日子，待在公園或是其他戶外度過時間。不過大部分來說，他還是會選擇利用AIDA咖啡館這類營業到早上的地方待著。

吐司、特製咖哩、特製炸豬排咖哩、特製滑蛋咖哩、拿坡里義大利麵、炸豬排蓋飯、三明治、可樂、柳橙汁是Bireley's（註7）的。

這裡有賣咖啡跟紅茶，所以確實算是間咖啡廳，不過如果單就菜單來看，很像昭和時期出現的那種汽車餐廳（註8），或是鄉間滑雪場內的休息所。

只有咖哩上的「特製」兩個字特別醒目，但其實也只是因為營業用的殺菌軟袋食品包裝上的標籤，寫著「特製咖哩」而已。

註7　Bireley's：日本朝日集團旗下的知名品牌果汁。

註8　汽車餐廳：來自美國Drivein的發想，類似汽車休息站的概念。

莊二郎也不知道這種店到底好在哪裡，但是卻非常流行。不管是室內裝潢、餐盤器皿，還是店名，這一切的一切都很不吸引人。不曉得是不是因為一點時尚要素都沒有，反而讓人覺得放鬆呢？儘管大部分的客人都是要久坐。到首班車發車，不過仍是有其他散客絡繹不絕地進出店內。

蛋黃三明治吃起來比外表看來還要美味。

斜前方有一名女子，感覺像是個酒家女，她不停地盯著手機，一邊喝著手中的冰咖啡。反方向的牆壁側，則是坐了一名男子，看起來是名男公關，他從剛才開始就一直拿著手機，頻繁地進出店內。

看起來像學生的三人組，其中一名男學生趴在桌上睡覺，醒著的那對男女則是親暱地在聊天。那感覺就像是如果沒有睡著的那個友人，現在的兩人早就不在咖啡館，而是去賓館了吧。說不定另一個人就是察覺到了，所以才假裝在那裡睡覺。他沒有選擇識相地表示「我要回去了」離開現場，而是賭氣地硬要留在那裡。莊二郎自己在學生時期也有過同樣的經驗。

深夜的ＡＩＤＡ咖啡館，就是晚上待在歌舞伎町的人類標本箱。

在夜晚街區工作的各行各業人們。廚師、成人店鋪的店員、男公關、酒家女、酒店少爺還有拉客的人也會來這，就連已經習慣讓末班車跑掉的客人也會光顧這間店。這家店的優勢，就是沒有任何可取之處，所以觀光客也不會進來。

只要跟他們聊個幾句，就會知道這裡的高齡者，大概都是大樓的清潔人員或是跟莊二郎一樣，同為賓館的雜工。人只要一過六十歲，就連 Hello Work（註9）的工作機會也會跟著減少。如果是徵道路施工的旗手倒是很多，只是同樣的，若對自己的體力沒有自信也就無法勝任，而且站在大街上的工作，萬一被人看見也是滿丟臉的。

就在莊二郎想找一份不會被人看見，而且以他的年齡來說，時薪也算不錯的工作時，就讓他找到了現在這份賓館的工作。

兩年前的莊二郎五十八歲，在他從事這份工作以前，他從未踏足過賓館。就在他認為自己大概一輩子都不會去的時候，剛好讓他看見賓館的人員招募，也勾起了他莫名的興趣。

雖然有地方願意僱用自己，莊二郎就沒什麼好抱怨的，但如果是在迫不得已的情況下才做出選擇，那未免也太悲慘了。所以如果這份工作能為自己帶來新的挑戰，那他應該是可以勝任，莊二郎是這麼認為的。

註9　Hello Work：日本政府所營運的職業介紹所。

當他戰戰兢兢地撥了通電話過去詢問後，對方便叫他帶著履歷前去面試。

莊二郎謊報了他的履歷。

畢竟他也不想讓人覺得自己窮困潦倒，而且他也怕如果寫了真正的履歷，那麼對方應該會覺得自己不好使喚，反而導致面試無法通過。所以他便借了親戚開的一家土木工程公司的名字，寫了自己在那裡做過辦公室的工作。

莊二郎告訴自己，儘管不合格也可以當作是一個社會經驗，便決定前往面試。然而，在面試過後，也讓他生平第一次踏進了賓館。

而前來擔任面試官的經理，完全沒有看莊二郎費盡心思寫的履歷書，甚至絲毫沒有考慮應徵的人會想要拒絕這份工作，自顧自地問起莊二郎，一個星期可以上幾天班？一天可以上幾個小時？

聽對方說，白天似乎已經有足夠的正職員工，所以職位已滿，他們缺的是從下午到晚上的臨時工。

最後，莊二郎變成上星期二到星期日，一週六天的夜班。基本上是從晚上七點半到凌晨三點半，一天八小時的工作。如果像今天星期五就會比較晚上班，是從凌晨一點開始到三點半；星期天就要上到早上十一點半，然後星期一休息。

這或許稱不上是一份好的工作，可是就算莊二郎去找份辦公室的工作也拿不到多少薪水，他一定會拿來跟以前的自己做比較。再說了，如果想要嘗試新的體驗，那麼靠體力活的工作也比較能讓莊二郎說服自己。

莊二郎在不久前，還是某間具有潛力的中型企業裡的貿易公司職員。外國語文學系出身，會西班牙文及英語，所以被分配到石油及礦業的部門，待過中南美洲及非洲，擔任採購原料的工作。

工作是很有趣，但是無法組成家庭。

莊二郎幾乎都待在海外，而且待的地方還不是北美或歐洲。他自己也覺得，就算哪天真的結婚了，應該也是會隻身前往外地工作吧。莊二郎在學生時期有一位感情穩定的女友，大約在他工作兩年後，準備考慮跟女友結婚的那段時期，公司決定派他去委內瑞拉工作。他害怕會被女友拒絕，所以也說不出「請妳跟我一起去」的這種話。

莊二郎和女友約好互相交換的聖誕卡片，從第三年開始便再也沒有收到，直到隔年四月，他才得知對方結婚的消息。

儘管有些寂寞，不過心中的那塊大石似乎也跟著放下了。

而為了忘記過去，莊二郎決定投身在工作當中。按照公司的慣例，有家庭的員工大概待個三年就會被叫回總公司，但是他卻在委內瑞拉待了五年。

他在當地和一位叫丹妮拉的女人，墜入了愛河。
但是莊二郎實在不覺得她能夠習慣日本的生活，更遑論他之後有可能還要隻身前往別的地方工作。就在他思考著其他國家的可能時，他就被公司叫回了日本，所以兩人不得不含淚離別。不過他在日本只待了一年，便被派往南非的奈及利亞，而他也只好接受，自己果然無法跟丹妮拉結婚的事實。
不知從何時開始，莊二郎也做好了覺悟，一輩子當個沒有根的浮萍了。

過了凌晨四點的ＡＩＤＡ咖啡館，幾乎是座無虛席的狀態。
等到那些下班在這裡稍微喘口氣的——也就是有錢搭計程車回去的人，或是住在這附近的客人離開後，剩下的，大概都是在首班車發車以前，沒有打算離開店裡的人吧。
莊二郎身後的位子，坐著兩名手拿著L尺寸的大杯可樂，身材高大的非洲人。他們在用英文交談，但是看起來不像美國人。
「再過不久我就可以逃離馬可可了。」
傳到莊二郎耳裡的英文對話中，出現了他曾聽過的地名。
他們果然是奈及利亞人嗎？

那男的口中所說的馬可可，是位在奈及利亞裡面最大的城市，拉哥斯裡的一個難民窟。

那是莊二郎過去某位工作上的助手，阿面亞的出身地。他曾有一次，開車載莊二郎經過馬可可的主要區域。

「清水先生不可以在這裡下車哦。」

據說，一旦被他們知道自己是外地人，就會被視為掠奪的目標。因為在馬可可的人們，都是社會最底層階級的人，所以對他們來說，外地人絕對會比當地居民還來得有錢。

在屋頂上鋪著生鏽鐵皮波浪板的簡陋建築，沿著道路連綿不絕。雖然陽光強烈，但街道的顏色卻陰沉沉的，讓建築物的整體輪廓都呈現鐵鏽色。他還記得在這片單調景色中，只有人們身上所穿的簡陋衣服，帶著鮮豔的顏色。

被烈日照射的紅、綠、黃色。

「啊，這就是非洲啊。」

莊二郎透過車窗看著外頭想道。

繁華的大街上，有許多黃色三輪車等著載客，還有一排排數不清的褪色遮陽傘並列在一塊，下方的人們正忙著叫賣做生意。在這片土地上，不可能存在那種擁有大量存貨、多到會被視為掠奪對象的店家。

「住在這一區的只有窮人。」

若是讓其他人知道自己稍微變好，那一點點財富就會被人盯上，導致最後住在那裡的人們，財產都會被瓜分掉。說來諷刺，這裡的犯罪行為，擔任的就是平分財富這個角色。

「所以當人們一有錢，就註定要離開這個街區。」

出生在馬可可的阿面亞，是借住在睡城（註10）阿拉卡地區的親戚家中，往返學校通學。而他也順利取得了政府提供的獎學金，成功地從大學畢業。偶爾也有像阿面亞這樣，因為部族裡的家族很大，剛好裡頭有人在上層擔任職務，才得以脫離貧民窟的例子。

奈及利亞裡有好幾百個部族，有多少部族就有幾種語言，而不同部族的語言大多無法相通。能夠跨越各部族彼此對話的，僅限於使用實際上為他們的共通語——英文的人。阿面亞的太太就是別的部族酋長家系的人，他們兩人就是用英文來溝通

註10　睡城：又稱「臥城」，主要指大城市周邊的大型社區或居住地。此區沒有市中心成熟的食衣住行、商業休閒、教育娛樂等區域功能，居民大多是夜晚返家睡覺，白天再通勤或開車前往市中心上班。

的。

只要會英文，就可以像阿面亞在日系公司得到工作那樣，從貧窮中解脫，並且取得一份好工作。

在歌舞伎町擔任攬客工作的奈及利亞人，在溝通上用的不是母語，而是英文，就是因為有這樣的背景存在。

莊二郎也忍不住偷聽起這兩位奈及利亞人的對話。

「你說逃離馬可可？可是你現在不就是逃到日本來了嗎？」

「我的母親還留在那裡。」

「她過得還好嗎？」

「我不知道，馬可可那裡也沒有郵箱。」

說起來，莊二郎好像曾聽說過，就算放置了郵箱，也會有人盯上郵票而將整個郵箱偷走。

「你來日本幾年了？」

「四年了，我母親也已經五十五歲了。」

「那活得滿久了呢。」

「我在日本工作賺的錢，已經夠在拉哥斯好一點的地方蓋間房子了。我想讓待在馬可可的母親過得輕鬆一點。」

「這樣很棒呢。」

這是在街上把客人騙去那些敲竹槓的酒吧，然後從中索取佣金的男人，背後所隱藏的動人佳話嗎？

莊二郎的心情十分複雜。

他聽說這些攬客的人得手的佣金，大約落在百分之十五到二十左右。這樣的話，如果店家向客人敲詐了二十萬日圓，那落入那些攬客人口袋的，大約就是三萬到四萬日圓。所以若是一個人生活，只需拉十個客人便足夠了。只是實際上，莊二郎很少看見他們將客人帶去哪間店過。

現在要多少錢才能在拉哥斯買間房子呢？

自從自己對過去曾經住過的國家通貨膨脹率不再感興趣之後，也過了好幾個年頭。

「只是有一個問題。」

經過一小段沉默後。

「我必須跟直子分開，我沒辦法帶她回去。」

「原來如此啊。」

「她一直以為我是美國人。我在夜店遇到她的時候，她問我是從哪來的，我回她我出生在滿是女人的 Harem（註11），而直子卻誤以為我是說紐約的 Harlem（註12）。我原本說的意思是貧民窟，不過想想我也只是打算一夜情，所以當時就沒有否認。」

「誰叫你說謊，你這故事我已經聽了第三遍了。」

他的朋友將他痛罵了一頓，聲音卻是充滿著憐惜。

「我沒有想到我們會愛得這麼認真。」

男人說到最後還帶著哭腔，不過莊二郎並沒有回頭看。

兩人的對話，就這麼暫時陷入了沉默。

莊二郎還待在原本企業的時候，就算回來日本好幾年，仍會覺得這只是暫時的生活，因此也沒有認真跟誰交往、考慮結婚。當然，他也不會想要有一個家。也不知道是不是在任職地那種暫時棲身的感覺消失了，莊二郎在工作上也開始

註11 Harem：原意為伊斯蘭世界的「後宮」，本義為禁止之地，神聖密室。後受日本動漫影響，而有一夫多妻的延伸含意。

註12 Harlem：位於美國紐約市曼哈頓的社區，此地曾是二十世紀美國黑人文化與商業中心，也是犯罪與貧困的主要中心。

有了好表現，漸漸地受到總公司的重用。

是因為他看起來像是犧牲了自己的生活，全力為公司賣命的關係嗎？或許事實也真是如此吧，他自己都覺得自己是社畜了。做為一個公司職員，莊二郎算是順利累積了不少職務經歷。

他在五十歲以前，就已經是智利的支店長（註13），並在首都聖地牙哥租了一個宅邸。

現在回想起來，那應該是莊二郎人生的顛峰時期了。

等到他任期結束，回到了日本後，不管是對上還是對下，他都沒什麼人脈，完全成了一名「外國人」。

或許是公司的某個內部勢力在主導。

原本莊二郎一直都專職在礦產資源的進口工作，某天卻突然被調到主管海鮮進口的水產部門。

他連魚的名字都不是很清楚，就被叫去管理要給迴轉壽司連鎖店的食材。

要是一般員工，應該還有一些緩衝時間可以向前輩學習。但是莊二郎在新部屬

註13　支店長：類似分公司經理。

的職位可是排名第二，根本無法讓他這麼悠閒。為了能盡快成為一名「專家」，他決定放下身段向屬下們請教。

當時發生了一件事。

有個名叫稻垣的部長因為身體突然出現狀況，便回到老家的愛媛住院，之後就沒有來公司上過班了。

剛好那時公司在泰國的第一個廠商，不久後就要將第一批草蝦裝船運來日本。而與對方的公司，都是透過會說泰文的稻垣部長直接交涉，所以公司裡的其他職員跟對方也只有書面上的往來。

儘管接單與下單的正式文件都是英文，但是細節部分似乎都是由部長直接用泰文與對方溝通。

由於這是第一次交易，公司必須派人到當地驗貨，但是卻陷入沒有負責人的窘境。

儘管透過郵件還是聯絡得到住院中的部長，但是位於四國的愛媛實在太遠，莊二郎也不可能去見他，所以他只好先確認對方負責人的名字，並告知對方出貨前的驗貨日程。

「期待當日與您的會面。」

莊二郎在收到制式化的回覆後，也敲定好當天的時程。

雖然莊二郎很想帶個熟悉交易內容的人一同前往，但是除了剛進來的自己以外，其他人都沒空。

莊二郎只好透過熟人，向築地的業者請教如何判別冷凍蝦的品質。當然他也有向部下們討教，請他們告訴他有哪些地方需要特別注意。

就這樣，莊二郎帶著不安的心情，搭上了從成田機場出發，飛往曼谷的飛機。

在他的心中某部分也覺得，只要能代替生病的部長好好完成這次工作，那麼自己在這份工作上也可以稍微有點自信了。

當全日空飛機按預定時間一抵達蘇凡納布國際機場，一名叫做東姆的男子，也就是跟他聯絡的人，便來迎接莊二郎。由於泰國人的名字都長到非常驚人，因此滿多人會自己取一個專為業務往來使用的名字。東姆給人的印象完全就是個泰國人，是個看起來既親切又善良的男人。

「我接下來要帶您到飯店。我們有幫您預訂了晚上七點的餐廳，晚點會提前三十分鐘來這接您。在這之前，就請您好好地待在房間休息吧。」

男人一邊開車，一邊用著蹩腳的英文說道。他花了很長的時間，才把上述的那些意思傳達完畢。

「現在離七點還有三個小時，能不能在入住飯店之前，先拜訪一下貴公司的辦公室，見見你們的社長。」

莊二郎記得自己在郵件裡也是這麼表示的。

他提醒自己放慢語速，盡量簡單明瞭地說道。他可是一點泰文都不會，所以只好勉強用英文來溝通。

「沒有問題，不用擔心。請您在飯店喝著勝獅（註14）啤酒等待吧。」

莊二郎想確認對方是怎樣的一間公司。

「啤酒我會留在餐宴上享用，還是先請您載我到貴公司吧。」

「好的，沒問題。不用擔心。」

「畢竟我們跟貴公司是第一次合作，所以也得拜訪一下您的社長。」

「這點小事請您別在意。」

莊二郎就是因為很在意才會特地來到泰國。但是他也無法明講「我的目的是為了調查你們公司能不能信任，所以讓我參觀你們公司」的這種話吧。

「我們到了。那麼就六點半，大廳見。」

註14　勝獅啤酒：為泰國市面的知名啤酒品牌。

莊二郎在根本無法交談的情況下，抵達了離機場車程一小時，位於曼谷市中心的一間飯店。

雖然只是一間中等飯店，不過光是可以毫無壓力地使用英文溝通這點，對莊二郎來說就已經像座天堂了。

這可是他第一次在工作上感受到語言的隔閡。

過去不論是用英文還是西班牙文，他都能溝通無礙地表達自己的意思，也能誘導對方進入自己的話題。

但是當他一抵達泰國，才剛步出機場，目光所及的看板就全都看不懂了。

就算廣播大聲播放現在有飛彈射過來，或是災防告警表示昭披耶河快要氾濫，莊二郎也不會知道，而這一點也挑起了他的不安。

佇立在熱鬧的街道正中央，人很容易就會感到孤獨。

在七號高速公路上勉強有英文標示，但是一下到普通道路，完全就是泰文的世界。商店的標示、張貼的告示，對街上的行人來說可謂理所當然的資訊，然而莊二郎卻是完全無法理解。站在街上看著那些儘管知道是文字，卻不知道如何閱讀的當下，比他第一次站在奈及利亞北部的沙漠時，還要來得孤獨。

到了約定好的時間，東姆便前來迎接莊二郎。

他訂的餐廳，是緊鄰昭披耶河的一家高級餐廳。

店家的名字他已經不記得了。

那次旅程的所有地點跟時間，全都是按東姆的安排，也是由他開車載莊二郎移動。而莊二郎也因為看不懂文字的關係，讓他有種自己像是被人誘拐，又被戴上眼罩載來載去的感覺。他不知道自己經過哪裡或是怎麼經過的，對他來說，是一趟不太舒服的旅程。

在用餐期間，東姆也多次透過不同的方式，誇耀自家公司的事業做得有多大。他說話時使用的詞彙也非常豐富，就像事先背下了準備好的文章那樣。只不過當莊二郎一和他閒聊，兩人之間的對話又變得無法溝通。

莊二郎曾多次表達自己想在驗貨前先到他們公司參觀，和對方社長打聲招呼。但是每當問及這個話題，東姆就會一直重複地說著「沒問題」、「別在意」。

等到最後被送回飯店時，他也因為這趟旅程的疲憊，連跟東姆說句話都嫌麻煩。

反正只要有確認好裝船的冷凍蝦品質就好了。

莊二郎這麼想道，便拖著疲憊的身軀鑽進了被窩中。

「清水次長！」

水產部門的其中一名職員，臉色蒼白地跑來找莊二郎。

「有關泰國進口的那批草蝦，檜之元食品表示根本不能用，要通通退貨。」

「你說什麼？」

檜之元食品可是在全國各處都有迴轉壽司連鎖店。

莊二郎立刻跟著那名職員一起前往冷凍倉庫。

在他穿上冷凍庫的防寒大衣步入倉庫的瞬間，就被眼前的景象給嚇傻了。

裡頭陳列的東西，和他當初在裝貨的林查班港出貨倉庫中，看見的是完全不同的貨物。

光是紙箱包裝就不一樣，而且有很多箱的邊邊角角都凹進去了，看起來在運送方面也做得很隨便。打開裡面一看，很明顯就是有解凍之後再冷凍一次的痕跡。顯然地，這批貨有很長一段時間，是被放置在冷凍倉庫外。

莊二郎立刻打電話到對方公司，但是只有電話聲響，沒有任何人接。

原本應該在愛媛的稻垣部長也聯絡不到人。而且糟的不只這些，對方還以生病為由，早已提出了書面辭呈。

歸根究柢，這原本是為了開發新廠商，由精通泰文的他一手包辦負責過來的生意。而下單數量對於初次合作的廠商來說，實在是多得不正常。就算是新廠商，沒有任何一位共同負責的員工，這也很不自然。

莊二郎被擺了一道，完全陷入了絕望。

那他在倉庫裡看見的是什麼？而自己又是在哪裡驗貨的？說起來，那個倉庫真的是在林查班港嗎？就連他自己都沒有自信能確定了。那幫人是把車開去了哪裡？他根本不知道地名，也沒有任何頭緒。難道自己在完全不同的地方，看了不一樣的貨，然後就這樣大意地簽下了合約嗎？

由於這是莊二郎不熟悉的新領域，所以他都只把重點放在確認貨物的品質身上。至於出貨的是不是自己檢查過的東西，他則是完全沒有意識到。

給冷凍倉庫的出貨單是自己寫的，給處理廢棄物業者的訂單也是自己簽的。這對莊二郎來說非常恥辱。他覺得自己過去在公司一路打拚過來的成果，全都付諸東流。

自己已經是水產部門的負責人。

如今也沒有任何線索。

唯一有的，就是當初由服務生幫他和東姆一起拍的一張照片。那時東姆告訴他：「我之後再用郵件寄給您。」但是他根本沒有收到。

半年後，他決定辭掉工作。

四千萬日圓的損失，在一間貿易公司裡很常見。也沒有人因為他搞砸了這門生意，便要求他離職。

莊二郎很適合待在貿易公司，而他也確實累積了一些實績，對於礦物資源的調配工作也很有信心。

但也正因為如此，他才無法接受自己在新工作上的失敗。莊二郎整個人變得委靡不振，早上也爬不起來，儘管人已經醒了，但就是無法起床。想要打電話向公司請假時，也早就已經過了中午。他甚至連動動身體做些什麼都不想。應該是心理生病了吧，莊二郎心想。然而就算腦袋知道，自己也無法去找醫生看病。

莊二郎一路走來都覺得自己是位優秀的商務人才。但是現在的他卻必須去面對那個怠惰的自己，那個只能說做為一個社會人士不合格的自己。

莊二郎無法原諒做不到的自己，或許這確實有點幼稚。但他無論如何就是振作不起來。

他待在ＡＩＤＡ咖啡館等待首班車，一不小心就陷入了思緒當中，而且想的還都是以前的事。

莊二郎人生的顛峰已經過了。

他嘆了一口氣。

到了現在，莊二郎偶爾會後悔，要是自己有結婚就好了。他還在貿易公司的時候，就算談戀愛也從未想過要結婚。至少自己從來沒有為了結婚而去找對象。現在已經來不及了。沒有女人會想要跟一個年過六十，還沒有錢的男人結婚的。

莊二郎從座位起身，打算去裝杯水。

他站在櫃檯旁的裝水處，趁著裝水的空檔看了店內一圈。坐在自己身後的其中一名奈及利亞男子，把頭壓得老低。明明是個大塊頭男人，此刻看起來卻顯得格外的小隻。

就在他裝完水，正準備走回座位時，店內的自動門打開了。

另外一名奈及利亞男，立刻盯向那名走進店內的年輕女子，接著像是認錯人似地又轉過頭去。

她看起來大概二十五歲左右，應該是第一次來這家店吧。那女孩背著一把吉他，最初是一臉不安地站在大門邊，不過很快便轉為鬆了一口氣的表情。她找了個空位，將身上的吉他卸下。在新宿這裡有很多間展演空間。

就在莊二郎從旁邊經過她的座位時，自動門又滑開了。

這次同樣也是一名年輕女子。

只見她站在原地，向店內巡視了一圈後隨即大聲喊道。

「湯米！你這個說謊的騙子！」

店裡所有人的視線都集中在那位用英文喊叫的女人身上。

她有著一頭明亮栗色的鮑伯頭，身穿無袖上衣搭配一條黑色頸圈，下身的窄管褲也非常適合她。

「直子。」

那位馬可可出身的奈及利亞男立刻站了起來。

「妳為什麼會來這裡？」

只見女方氣勢凌人地大步走向男方。

原本還充斥在店內的吵雜聲，此刻就像是被關上了隔音門般，全都消失了。

「是坐在你旁邊的那個朋友告訴我你在這裡的。」

他的眼睛只有輕輕掃過身邊的朋友，而後都是一直盯著走向自己的女人。

「說謊的騙子。」

女人停在男人面前，又說了一次剛才在門口大喊的話。只是這次是靜靜地說道。

男人僅是一直盯著女人。

「你這個說謊的騙子。」

這次是帶點沙啞的聲音。

而男方依舊是沉默不語。

「你為什麼要騙我你是美國人？

說什麼你是在紐約的哈林區出生。為什麼我們都交往一年了，你卻從來不告訴我這一切都是我誤會了呢？

不管是美國也好、哈林區也罷，你明明就沒有去過，還穿什麼阿波羅劇院（註15）的衣服啦。

還說什麼一二五街，又叫什麼小馬丁・路德・金博士林蔭路，還有GAP就在香蕉共和國（註16）的對面之類的，這些話根本一點也不重要吧？你為什麼要故意向我說這些沒有意義的事呢？

註15　阿波羅劇院：座落於紐約哈林區的中心，為非裔美國人音樂與藝術表演的聖地。

註16　香蕉共和國：為美國GAP集團旗下的高級服飾品牌。

為什麼要說將來哪天要一起去哈林區，在阿波羅劇院旁邊的紅龍蝦餐館吃飯？

還用我的筆電一起看 Google 街景，轉了無數個彎，說什麼直直走，一三七街的這座公寓二樓就是你出生的地方。

你這什麼意思？

為什麼要特地撒這種謊？

我早就知道了。

我早就知道你是奈及利亞人了。

就連拉哥斯裡有沒有紅龍蝦餐館我都查過了。

總有一天你會回國的。

而我也知道那不會是美利堅合眾國，而是奈及利亞聯邦共和國。

因為我都調查過了。

關於你國家的事。

我調查了我能不能去你的國家居住，還有自己有沒有搬過去住的決心。

我拚了命地在煩惱著，如果哪天湯米你突然跟我說，我的故鄉在奈及利亞，我希望直子能和我一起回去家鄉時，我說得出「我也跟你一起去」嗎？

我真的非常非常的煩惱，也想過了好多好多次。

但是……但是我就是做不出決定啊。

我怎麼會做得出呢。

因為，你啊、這個人、這個說謊的騙子、混蛋東西，穿什麼阿波羅劇院的T恤，一直說那些像是要表示『老子我可是紐約出身』的話，我怎麼可能做得了決定嘛！

你為什麼不給我這個決定呢？

你到底是想怎樣？

你在一三七街根本就沒有家啊！」

原本鴉雀無聲的店內氣氛，逐漸開始緩和了起來。

女人把臉埋在男人的胸脯前，靜靜地哭泣，此刻的她看起來十分嬌小。

已經到了首班車準備發車的時間。

大家紛紛開始揉起餐巾，將冰塊融化、味道變淡的咖啡杯放回托盤上，準備離開店裡。

這時，莊二郎開口了。

「我也有去過馬可可。」

隔壁座位，突然有人用英文向自己搭話，讓男人嚇到抬起頭來。

「我也有一個在馬可可出生的朋友，現在他也找到了一份不錯的工作，在阿拉卡地區買了一個房子，過著幸福的生活。」

在男人打算說什麼話之前，莊二郎就先起身離席，將托盤還給店家後，走出店外。

外頭的天色已微微轉亮。

為什麼自己會突然向那名奈及利亞人說阿面亞的事呢？莊二郎自己也不明白，但他就是想說。

當靖國通上的紅綠燈一轉紅，轉眼間，人行道上就擠滿了人潮。此時是各自在他處等待著首班車發車的人，從四方湧出，猶如前往神明大人的所在處巡禮般，一同前往車站的時刻。

在新宿一天有兩次，在末班車跟首班車的時刻，會出現許多前往車站的人。特別是首班車的時候，更是擠滿了人。

成群的團體也是不太說話。不是喝太多就是睡眠不足，大部分的情況是兩者都有，就是一群想快點躺在柔軟舒適床上的人們。

大約在五小時前，莊二郎自己是逆著人流走的，但現在自己也在這波人流當中。

曾經燈火輝煌的街區，此刻已銷聲匿跡。

已經熄滅的路燈下，堆積著等待讓人收走的垃圾袋。烏鴉飛到人行道上，啄食其中一包垃圾。

鐵門緊閉、通往地下道的樓梯上，被人並排放著兩個不知道是啤酒還是燒酎調酒的空罐。打開這罐酒的人是一對情侶嗎？還是都是男的呢？現在這個時候，他們又在哪裡、做著什麼事呢？

不知從哪傳來了垃圾車的聲音。

與此同時，莊二郎又聽見類似一陣歌聲傳來。

雖然那「歌聲」斷斷續續的，但他好像在哪裡聽過這聲音。

八神小姐？

該不會是他在掃七〇一號室時聽到的那首歌吧？就和那時候一樣，歌聲又斷了，然後現在他又聽見了，還出現很多次。

莊二郎試著停下腳步，只見那聲音變得越來越近。只是儘管回頭，卻也沒瞧見聲音的主人。

就在他這麼想的時候，岔路處便閃出了一道人影。

果然是八神小姐。她完全沒注意到莊二郎，逕自地超越了停在路邊的他。八神小姐看起來好像很開心。

「愛……男……回憶……………」

她沒有意識到自己唱出歌來了，一定是那樣沒錯。當她一吸氣，歌聲就斷掉了。其實歌曲還在她心中繼續，只是外頭聽不到。當她再次吐氣時，莊二郎又能聽到後面的部分了。

「……過……人們……變……回憶……」

莊二郎知道這首歌，他確實曾經聽過。腦內的謎題解開了。

那是藥師丸博子的〈水手服與機關槍〉。

她一直在重複唱著副歌的部分。

莊二郎心中突然湧起想捉弄她的念頭。

「早安。」

他從後方靠近，將雙手搭在她的肩上。

「呀啊！」

她發出了小小的驚呼。

「清水先生！」

「早啊。」

「什麼早安啦，你可以不要嚇我嗎？真是的。」

「我聽到妳竟然在唱歌，想必心情很好吧。」

「咦？我？我有唱歌嗎？」

「妳唱了哦。藥師丸博子的。」

「啊，是嗎？原來……我唱出來了。欸……」

「說什麼欸？不是妳自己唱的嗎？」

「是這樣嗎？」

「妳在賓館裡也唱了。雖然只有一下子，看來是發生了什麼好事呢。」

「沒錯，是有一件超棒的事。就是啊，我今天傍晚……要跟我兒子見面。」

八神小姐說完表情又立刻垮掉。

「我們沒有住在一起。」

「他已經長大獨立出去了，在高中畢業的時候就離開了家裡。」

莊二郎有些後悔，怕自己問了不該問的事。不過八神小姐倒是露出了笑容。

沒錯，八神小姐笑了。笑起來就會很漂亮的八神小姐，她笑了。

「我們停在這裡說話，會不會害妳搭不到電車啊？」

「沒關係。首班車跟末班車不一樣，還會有下一班車嘛。」

說得也是。

「八神小姐，要不要一起吃個早餐呢？」

莊二郎稍微鼓起勇氣問道。

「一起去吃吧！感覺今天是個不錯的日子呢。」

今天是個不錯的日子——這句話聽起來真棒。

如果穿過靖國通，前往車站方向就沒有營業的店家了，不過歌舞伎町還有一間家庭餐廳。

莊二郎又再次背對車站，逆著要搭乘電車的人流前進。

從對面走來的人們，臉上各個都是一臉疲憊，而逆著走的這兩位倒是一臉精神飽滿的樣子。

現在是早上五點，對於晚上工作的人來說，現在才是他們的五點之後（註17）。

註17　五點之後：意指工作結束後的個人時間。

這對兩個小時前還待在愛情賓館的男女，現在要一起去享用早餐。
在等紅綠燈的空檔，莊二郎深吸了一口氣，早晨的空氣便一同流入了肺裡。
空氣中，稍微混著一點消臭噴霧的芳香。

第二話 Stand by Me

事情發生在我坐在公園長椅上，不知嘆了第幾回氣的時候。

「你做什麼！」

我聽見空罐滾落的聲音，接著是幾名男子在說話。

廣場正對面的廁所附近，聚集了一小群人。

「臭死了。」

「我是不想靠近你啦，不過今天就特別陪你玩玩，好好感謝一下啊。」

「像你這種人只會讓街上變髒的。」

「還不快給我滾出這條街區。」

感覺這臺詞念得不是很熟稔，年輕人？中學生？最多高中生吧。只見三人口中一邊說著類似漫畫裡的臺詞，一邊對著蹲在地上的男人輪番上陣踢打。

他們是專門挑中年男子來欺負的嗎？我得去幫他才行。

論打架我還有點自信，單就他們三人的踢法看來，感覺不出有任何武術經驗，或是平時有在運動的樣子。對手若是五個人就不好說，但三個人我是絕對不會輸的。當我認真決定要走上音樂這條路時，為了保護我的手指，我便放棄了空手道。

不過此刻比起我那按弦長出的繭，我的關節外側還是比較硬的。

只是今天的我有個弱點。

我帶了吉他，如果他們盯上了我的吉他……

那些傢伙應該稍微發洩一下就會停手了吧？這可能性也很高。

不過霸凌有時也會演變得越來越激烈，就像互相競爭那樣。

例如裡頭的老大想讓手下見識自己的厲害，或是剩下的兩人為了得到老大賞識，為表忠心以求表現，導致出手太重、情況加劇。那種會成群結隊使用暴力的人，內心都很脆弱，他們都想從身邊的某人那裡得到認可。正因為他們是弱小的人，才會越想展現自己的強大之處。我在中學時開始去道館學空手道，也是因為我討厭弱小的自己。

先觀察一下吧。照那個踢法，應該也不會造成多大傷勢。

身體的傷只要過陣子就會自己好起來，但是吉他可不會。要是有個萬一傷到了吉他，那我來東京就沒有意義了。

「像你這種人不如去死一死吧。」

一聲尖銳的叫喊聲響起，隨後便沒入大樓間的廣闊空隙中。

看見眼前這幕，我立刻衝了出去。

「你們幾個給我住手。」

當我說完這簡短的一句話後，人已經來到了那群人面前。

「妳幹麼啊。」

這短短的一句話，對方也是越說越心虛。大概是高中生，長得和那個**資優生小山田**很像，另外兩個看起來也很弱。

「什麼嘛，是個女的啊。」

「妳少管閒事！」

就在對方出手打算毆打我的瞬間，我用手刀側擊將他的攻勢打掉，對方也因此受到衝擊，就這樣，立刻跌坐在地上。

另外兩人目擊到這一幕，嚇得全身無力，傻傻地愣在一旁。他們看來是不曉得，倒在地上的同伴發生了什麼事吧。

在我收回空手道的貓足立姿勢以前，一旁的兩人早已轉身逃離現場。倒在地上的那位也按著自己的右臂，跟在後頭狼狽離去。

等到腳步聲遠去後，公園又恢復了原本的寧靜。

「這位大姊很厲害呢。」

聲音是從地上傳來的。那名被踹的男子從地上緩緩爬起，接著拍了拍自己褲子上的髒汙。比起他拍去的灰塵，那滲入布料裡的汙漬，看來更是髒了好幾倍。

「謝謝妳出手搭救。」

他一朝我靠近就有一股臭味，那味道確實很臭。雖然不至於想踢人，但是可以的話，我也會很想立刻逃離現場。

「那群小夥子也算是有控制力道啦，沒有真的踢我。」

「你也知道啊。」

「因為我可是有被人認真踢過的。」

原來如此。

「你的傷還好嗎？」

我只有用嘴巴慰問一下，因為我不想再靠近他一步，並且下意識地尋找風的方位。

「他們應該是被升學考試之類的，搞得壓力太大吧。」

「你都受到那群人暴力對待了，為什麼大叔你人還那麼好心幫他們說話，這說不過去吧。」

「我是不是很臭啊？」

「啊……是有一點味道啦。」

其實不是一點，而是非常之臭。

「我想也是，他們應該也不想用手揍我，所以才會從頭踢到尾吧，啊哈哈哈哈哈。」

他笑著的嘴巴布滿著鬍鬚。

「我啊，實在是因為太髒了，現在連大眾浴池都進不了。」

「什麼意思？」

「會給別人帶來困擾啊。」

「這倒也是……啊、抱歉。」

「沒事，妳說的也沒錯。我原本是想說，那邊的廁所有自來水，乾脆就去那裡洗個頭，沒想到一來這兒，就被聚集在附近的小伙子們給盯上。」

「你有換洗衣物？」

「大概在四天前吧，我趁著晚上沒人便把衣服拿出來晒，結果就被人一聲不響地拿走了。」

「真過分。」

「我最重要的一件衣服，就這樣被當作垃圾收走了。那可是我最乾淨的一件，專門去澡堂時穿的，少了那件衣服我就進不去了。畢竟要去大眾浴池，還是得維持基本的乾淨程度才行啊。

我原先是打算先在毛巾上弄一點肥皂，再用這裡的自來水弄溼毛巾，擰乾之後把它拿來擦身體。雖然身上會留有一些肥皂，不過等等就會去澡堂所以也沒關係，至少身體還能稍微乾淨一點。」

他身上的髒汙，真的是髒到我不確定是否光靠那樣就能**稍微乾淨**點，應該吧。

「問題就在於衣服，要是太髒就算洗了味道也是去不掉。儘管洗了到它乾為止，都會有一股臭酸味，有點像抹布的味道。

連我那已經習慣臭味的鼻子都覺得臭了，我怎麼還敢這樣去澡堂。」

我好像能夠理解他的意思。

「所以我才會保留最乾淨的一件，為了去澡堂時可以穿。

我還是有自知之明的。畢竟大家一定會在意啊，這麼臭的傢伙來到澡堂，光是站在脫衣處脫衣服，髒汙就會透過空氣傳播，身體也跟著變髒。有些人如果不想用鼻子呼吸，就會輕輕張嘴，偷偷地用嘴巴呼吸對吧？要是我把臭掉的衣服直接丟進籃子裡，那籃子也會弄髒，味道還去不掉，這樣不就無法再使用了嗎？如果我之後再把那籃子放進置物櫃，那麼從櫃子的縫隙一直連到隔壁櫃子，絕對會被弄到臭氣熏天，整個味道都會從旁滲出。感覺上下左右的置物櫃都會被我汙染，搞到最後全都不能用。

要是進去之後我再拿熱水沖身體，那我身上沖下來的髒汙，就會因為遇熱而轉為蒸氣，在瓷磚間流竄的同時，形成一股臭味，排水口的網子也會被我從身上沖洗下來的軟爛髒汙堵住的。」

「大叔，為何你可以這麼客觀地看待自己呢？」

「客觀地看待自己？因為這是事實啊，我的確會給人帶來困擾啊。」

「雖然你說的也沒錯，不過就算你知道這個事實，問題也沒有得到解決呀？光想著會不會給別人帶來困擾，自己怎麼可能會幸福呢？」

剛才，我好像瞬間意外說了一句很棒的話。

「如果我像妳一樣總是這麼乾淨，那我也不會、也不用去想這些啊。因為我以前也是那樣啊。

只是當我一直被那些人當面說著，你好臭、你好髒之類的話，自己也感到越來越自卑，甚至覺得我就是街上的垃圾，整個人都被洗腦。

為了不想再聽到那些討人厭的話，我決定漸漸遠離人群。如果可以，我希望選一個沒有人的地方，一人獨自存活下去。

就算再怎麼髒我也不會死，依舊活得下去。」

「大叔是有被澡堂拒絕入場過嗎？」

「嗯……有啊……」

原先還很多話的人，此刻卻是一臉哀傷地低下了頭。

「人只要跌到了谷底，就怎麼也爬不上來了。」

人只要跌到谷底，就爬不上來了。而那樣的谷底，在許多地方都有。

沒有家就無法工作，沒有工作經驗也無法工作，更無法累積所謂的工作經驗。甚至有些時候，工作經驗中斷了也不行。

然後，身體太髒，店家也不會讓你進去澡堂。

雖然我沒有思考過這件事，不過想從那裡爬上來確實有些難度。

就算身體很髒，應該也是活得下去吧？只是無法靠近他人。無法靠近他人的人生，會是什麼樣子呢？我實在無法想像。

我腦中浮現剛才這位大叔，被那群高中小鬼踹頭的時候，乖乖地蜷曲在地的模樣。

這個人決定遠離那些看不起自己的人，好好地活下去。

就算得不到肯定，但大家至少都希望可以處在一個不會被否定的地方。就像我，只是因為找工作不順利，連續碰到幾個面試失敗的公司，就覺得自己整個人都被否定了。

「總覺得，我好像很久沒有跟人說話了。畢竟去超市也只要把東西丟進購物籃，再走去收銀臺結帳，不用說任何一句話就可以買東西了。」

看見那個人抬頭仰望天空，我也跟著一起抬頭望向天空。但是看不見天空。公園的照明，滲透在夏季城市潮溼的空氣當中。

光暈滲入了空間，讓原本應該在空間深處的天空，看起來只是一片漆黑。現在的花泉，是否看得見滿天的星空呢？

我突然有點想念岩手的天空。

「這位大姊，要是……」

「我不叫這位大姊，你叫我名字就好，露子，我叫岩谷露子，大叔呢？」

「我叫渡邊，渡邊涉。」

「渡邊大叔是吧？你剛剛要問我什麼？」

「我想說如果妳有菸的話，能不能給我一根？」

「啊，有啊……」

正當我摸索著口袋時，想起了一件事。

「糟糕！」

我一個轉身便跑了起來，我得趕回剛才那個地方。太好了。我的背包跟吉他，仍舊安然無事地放在無人的長椅上。要是在這種地方被人偷了，那我可真的會欲哭無淚。

「我不小心把比我性命還重要的東西給忘了。」

我用笑容掩飾我的害羞，默默地走回渡邊大叔那裡。

「原來露子妳會彈吉他啊。」

「嗯，算是吧。」

其實我是為了唱歌才來東京的，但是我說不出口。

當我把香菸從包裝中抽出，遞給渡邊大叔後，他便用著非常溫柔的聲音回了我一句：「謝謝。」

「妳的吉他可以借我彈彈嗎？」

「咦？」

「啊、等我一下。」

渡邊大叔隨即站起身，踏著我意想不到的沉穩腳步，筆直地朝著某個方向走了過去。沒過多久，他又從一旁樹叢的陰影處現身，並抱著一個布袋走了回來。

「我去洗一下手。」

隨後他便走進廁所，在裡頭待了一陣。

「妳看。」

回來之後，他便將他的雙手展開給我看。

「變乾淨了吧？」

從他的手腕到指尖，確實乾淨到我都要以為自己是不是看錯了。而且他的膚色也比我想像中的還要白。

「還有，我會把這個蓋在這裡的。」

他說著便將報紙攤在自己的膝上。

「這個報紙，是剛才有個上班族在那邊的長椅上看完留下的，因為是新的舊報紙，所以也很乾淨哦。」

我有點喜歡他這個「新的舊報紙」的說法，只是我還是不知道這個人想做什麼。

「妳的寶貝吉他，應該不會想被我這身髒衣跟髒手碰到吧？所以……」

渡邊大叔說著便將膝蓋上的一疊報紙打開，剛好擋在自己胸前，「報紙圍裙」就這麼蓋住了他的胸口到腿部。

「還是這樣也不行嗎？」

只見渡邊大叔把他的左手抬高到肩膀位置，右手則是停在肚臍附近，那是抱著吉他的姿勢。空氣吉他，左手手指還擺出Ａｍ和弦的指法。

這個人是會彈吉他的人。

「你等我一下。」

我拉開靠在長椅上的吉他拉鍊。

接著抓住琴頸，將吉他抽了出來。一旁一直緊盯著我的渡邊大叔，眼裡反射著路燈的燈光，閃閃發亮，讓人覺得他好像少女漫畫的主人公一樣。

「是 Epiphone（註18）呢，這吉他很棒哦。」

「來吧，請試試。」

我已經不會再猶豫要不要把吉他交給渡邊大叔，因為這個人是知道 Epiphone 的人。

渡邊大叔輕輕地接下吉他，接著他將面板對著光源看了一陣，隨後小心翼翼地放在自己的膝上，用左手感受琴頸的觸感。

註18　Epiphone：美國樂器品牌，其根源於一八七三年由 Anastasios Stathopoulos 在鄂圖曼帝國（Ottoman Empire）的士麥那（Smyrna）創立的樂器製造企業，並於一九〇八年遷至紐約市。

他先頓了一會，接著將手指一起往下刷。他將第四弦和第五弦鎖緊後，又彈了一下G和弦及D和弦，最後調整了一下第一弦，好讓它和第六弦的八度音的音距成立，不到一會兒他就調完弦了。

渡邊大叔的表情安穩平和，就像是觸摸著懷念許久的物品一樣。

我看著他那張臉，以及他輕輕彈奏出的幾個和弦，讓我感覺自己從東京車站下來時的緊張感，一同緩解了下來。那種喉頭像是卡著什麼，或是大腦裡好像被人用圖釘扎著的那種不舒服感已經不見了。我的吉他在東京發出了它的聲音，我能感覺到，這座公園就是我的歸屬。

渡邊大叔就這樣默默地彈起幾個和弦，一會兒在奇數拍上彈出低音和弦，一會兒又在偶數拍上彈出高音和弦。他的節拍跟節奏感都抓得很準，彈出來的和弦音色非常好聽。刷弦的時候，如果手勢沒有抓對，便會導致和弦聲音發出的時機不同，聲音就會變得混濁。這個人也沒有做什麼困難的動作，但我能知道他的功力滿好的。

他彈的是什麼曲子呢？他在彈奏這個和弦的時候，心裡想的是什麼樣的旋律呢？我試著去回想那些沒有出聲、在我內心的那些歌曲。

而渡邊大叔的演奏，也自然而然地與我試著填入的旋律，結合在了一起。

此時此刻，我和渡邊大叔正在彼此心中，共同演奏著曲子。

渡邊大叔拉長了第三十三小節的最後一個音，結束了他的演奏。

「這把吉他的音色，真的很不錯耶。」

「是渡邊大叔彈得好。」

這不是客套話。

「這首歌的曲名叫什麼呢？」

「它沒有名字呀。」

「是你……即興演奏的？」

「不是我現在才做出來的啦。這是我以前只要一拿起吉他，就會不自覺演奏的和弦編曲。」

「沒有主旋律嗎？」

「沒有固定的。」

我很懂他這句話的意思。

我自己也是，在決定了和弦編曲後，也曾花了好幾個月的時間在嘗試不同的旋律。有時在心中，有時會哼唱出來，在同一個和弦編曲上，配著無限個旋律**滾動**嘗試。然後就會在那麼一個瞬間，只要決定了其中一個旋律，接下來的旋律就會自動浮現出來。

這感覺就像是嘗試拼湊一堆拼圖後，最後找到對的那一片的瞬間。

「啊、謝謝，這還妳。我已經好久沒彈吉他了，很開心呢。」

「你以前也是玩音樂的嗎？」

「也沒有到可以玩的程度啦。」

「可是你彈吉他的功力，並不是玩不了的程度。」

渡邊大叔露出了苦笑。

「妳今天去哪裡唱歌了？」

「我是打算要唱歌，所以就從岩手來這裡了。」

「原來如此，那妳是因為這裡有現場演出才來東京的是吧。」

「不是，我本來是想在街頭演唱，但是來了之後卻沒有勇氣。」

我將自己來到這座公園的始末，詳細地說了一遍。

我在上午時分，離開了岩手的老家。

今天是八月最後的星期五，照理說，我應該會在夏天結束以前，迎接**挑戰**，並做出一個決斷。

從我家到花泉車站需要搭乘公車，之後從花泉車站抵達一之關車站後，只需搭上山彥號（註19），就能在太陽還高掛在空的時候抵達東京。

我的目的地是新宿。

會選擇新宿其實也沒有什麼特別的原因，單純只是因為那裡有很多著名的展演空間。

東京車站和新橋好像是商業中心區域，澀谷則似乎是年輕人的街區。不過我看著電視上街頭訪問裡的「年輕人」，就覺得二十五歲的自己，似乎已經不被視為是年輕人了。

我透過網路跟電視，還有在一關的二手書店裡買到刊有東京街頭特輯資訊的雜誌，死命地研讀有關東京的一切。像是要去哪裡、在哪裡睡、去哪裡買東西跟吃什麼東西，還有在哪裡唱歌。

總而言之，只要有網咖和便利商店的話，不管在哪裡應該都活得下去。便利商店萬歲。雖然直至二十五歲的今日，我都還沒有踏足過網咖，不過那裡應該是可以

註19　山彥號：東日本旅客鐵道（JR東日本）東北新幹線運行的特急列車班次的名稱，主要通往東京至仙台、盛岡區間。

讓我遮風避雨的地方。
東京車站真的很大。
這次並不是我初次造訪東京，我第一次來是在畢業旅行。當時我們在車站內的某個寬敞地方重新排隊點名，然後魚貫而入地坐上巴士。之後就是進入社會工作的第一個黃金週，一位在東京工作的朋友，帶著我一同去原宿、澀谷、代官山觀光。還記得我們排隊吃到的烤鬆餅上，滿滿的奶油實在甜得讓人受不了。
還有某位海外藝人來開演唱會的時候，我為了籌措高額的門票，所以沒有訂飯店，直接坐深夜巴士來，之後再坐深夜巴士回去。
現在回想起來，我從未透過自己的腳，還有自己的判斷，走在東京的街上。
在抵達新宿車站後，我便前往寫有「都廳方向」的出口邁進。
因為那裡是東京的中心，以後如果要在東京生活的話，總覺得好像可以先去朝聖一下。我就這樣跟著眾多人潮，一起走在一條筆直的路上，有好幾分鐘的時間，我都不知道自己是走在地面還是地下。才想著終於脫離天花板的瞬間，便看見晴朗的天空。
那裡有像是被覆蓋的高樓大廈，我就像是在用 GoPro（拍廣角鏡頭影片的相機）看著眼前這片景象。當時的我心想，啊、我終於來到東京了。

頭上有許多交錯的立體連通廊道，我便踩著樓梯走到上頭，看來這裡才是真正的「地面」。一旁聳立著好多不知道有幾層樓高的大廈，還有高得不得了的摩天大樓。要是在盛岡，最高的 Malios 也不過二十層樓高而已。

為了體驗一下所謂的「都市空氣」，我做了好幾次深呼吸，原以為會聞到都市特有的廢氣味，結果我努力聞了好久卻聞不出任何味道。

地下明明有很多人，地上卻只有車子。這裡明明是座大城市，人煙卻是寥寥無幾。此刻的我，就好像身處在建築物的模型中。

喂！岩谷露子，妳到底在怕什麼。

我喊著自己的藝名，對著自己說話。

我拋棄了小野寺裕子的身分，成為岩谷露子，離鄉背井地來到了東京。不選擇搭乘深夜巴士，而是砸錢坐上新幹線，也是為了看沿途那瞬息萬變的風景。

明明是這樣，但現在的我卻逃離了人群，往人煙稀少的地方尋求平靜。現在不是讓我安逸的時刻，我是來戰鬥的，是為了參加**戰鬥行列**而來的。我來到全日本戰況最為激烈的地方，就是為了與人競爭，才特意來到此地的。

我轉身背對剛才仰望的都廳，並將吉他擺到前方，雙腳打開，學著仁王站立的姿勢，直直地朝新宿車站的方向望去。

車站被巨大的飯店擋住所以看不見，不過飯店對面一定布滿著蠢蠢欲動的人群，應該是多到嚇死人的程度吧。我要用自己的演奏、自己的歌，讓那些人潮裡的人停下腳步。

我站在原地，沒有伴奏便唱起了歌。

聲音就這樣被吸進了空氣中，就好像完全沒有迴響。

我已經習慣在外頭唱歌了。在故鄉天氣晴朗的時候，我會在金流川的河灘上練唱，直到太陽下山。那裡沒有任何遮蔽物，歌聲會飛向天空，傳遞到河堤上的草叢或是對岸田間。每當我這樣悠然自得地唱歌，便會感到心情愉悅。如果遇上低語的地方，或是需要唱得輕一點的部分，我就會仔細豎起我的耳朵，並保持咬字清晰及善用腹式呼吸，讓容易被風聲蓋過的聲音，達到歷歷可辨的程度。

我還在丸江超市和 A-COOP 的停車場唱過，還有在信用金庫前面。那時我在春秋的互市上，一邊在攤位上幫忙，一邊在旁邊練唱。每小時唱一首歌，總共唱了三首。

如果有人對我說「妳很會唱」，我就會覺得很開心。只是他們在聽了一陣之後，都會接著問：「妳可以唱一些我知道的歌嗎？」

我的歌真的有那麼無趣嗎？

儘管我的朋友都會稱讚我，但是當我一離開城鎮，大家就會對我說：「唱首我知道的歌來聽聽吧。」──也就是說，他們想聽的是其他人作詞作曲，並透過電視或是廣播播放出來的歌。

「歌手要是變得謙遜，那就沒戲唱了哦。」

吉崎曾對我這麼說過。吉崎是我的前男友，現在則是普通朋友，不過我們的關係還是很好。

「如果只想著自己的歌沒有影響力，那不管妳等多久，都不會遇到喜歡露子唱的歌的人。」

當我向他問了：「你說的話是什麼意思？」他便接著回我：「就算妳的CD賣了一百萬張，也只是日本人口的百分之一吧？這不是很少嗎？這也就代表，其他人對那首歌沒有興趣嘛！」

我突然被點醒。

沒錯，沒有任何一首歌是所有人都喜歡的。不管有多少人聽過賣出百萬唱片的歌，大部分的人還是有各自喜好的其他歌曲。

或許我只是還沒在花泉或是一關遇到而已。搞不好在別的地方，會有人真心喜歡我的歌。

「要是能堅信喜歡自己歌的人，肯定存在於世界的某處，那我就只要把歌聲傳遞出去就好。」

我相信有的，一定有的。

雖然我差點就要不相信了，但現在的我仍堅信不已。

吉崎真的說了句很棒的話呢，我真的很喜歡他。

我得前往可以遇見「我的歌迷」的地方。

但是我卻還沒有唱歌，我害怕唱歌。怎麼會這樣。

其實我很清楚，只要來到西新宿都廳這裡，人潮就會比較少。我明明是因為人潮很多才選擇了東京，現在卻因為人潮太多，便害怕地逃到了這裡。

我對著天空又唱了一次歌。

「在這片天空下，與我有著相同心情的你，就在某處吧～♪」

聲音好像有回來一點了。

在太陽還沒下山以前，去唱一首吧。我必須前往那裡才行。

我點開手機，用APP確認了一下路徑。新宿車站實在是太大了，要是漫無目的地走，恐怕連去東口的路都找不到。況且我原本就對這裡的路不熟，這座城市對一個活了二十五年的我來說，已經超越了我所習得的常識，不在我能承受的範圍內了。

就是這個。

我用手指放大手機畫面上的地圖，找到了「新宿大天橋」的字樣。如果是在天橋底下唱歌，聲音也會比較響亮。所以我決定先前往街頭表演的地方。天橋的對面和我這裡之間，竟然還有「新宿大天橋東」、「新宿大天橋西」這兩個交叉路口，這天橋到底是有多大啊？這樣我得穿過幾條軌道呢？儘管我打開了畫面上的路線圖，仍然還是搞不太清楚。

我想像了一下歌聲在天橋底下迴盪的畫面，勇氣也跟著湧上。只要有人願意先停下腳步，之後就會有許多人跟著停下來聽我唱歌的。在做好決斷後，我便往大天橋的方向前進。我能感覺自己的情緒激昂了起來，腳步也越跨越大，額上的汗水也不知道擦了多少次。

明明本該是如此……

可是當我一抵達天橋下，準備拿出吉他的時候，我又突然灰心了起來，因為我根本唱不了歌。

這座天橋確實很大，卻大得過頭了。一邊就有四線道，總共八個線道，幾乎將整座天橋下都占滿了，導致旁邊的人行道根本就沒有什麼空間。

只要我一停下腳步，身旁馬上就有一大堆人超過我。有的人為了避開我，還會刻意繞路。僅在片刻之間，就已經有好幾十人快步地從我旁邊通過。想要在這裡讓喜歡聽我唱歌的人停下腳步，根本是不可能的事。光是停下腳步這件事，本身就會阻礙到他人。

斜射而來的夏日陽光，沿著通道照出長長的影子。迎面走來的人們，被毫不留情的炙熱光線照得臉都扭曲了。

看來這裡是沒辦法了。

我才剛把吉他放在人行道上，正準備打開盒子，便馬上遇到挫折。

身上的汗滴了下來。熱的不只是地面，就連我身後那面白色牆壁也被照得火燙。

擦過額上汗水的手腕上，有陽光的味道。

我果然還沒了解到，這座城市到底有多巨大。

現在不就學到一個教訓了嗎？

如果是吉崎的話，應該會這麼對我說吧？能這麼想，也算是一個小小安慰。只是這個小小安慰無法讓我重新站起來，現在的我整個人非常失落。

前進啊！跨出妳的步伐來啊！岩谷露子！妳的第一天才剛剛開始啊。

天空雖然還很亮，但是當低角度照射過來的烈日隱沒在大樓後，街上的燈光就會突然變得醒目起來。

背後的吉他好重。

我拿著這東西，該怎麼一人度過即將到來的夜晚呢？對此刻的我來說，這是和我生命一樣重要的東西。明明本該是如此……不對，正因為是這樣，才會覺得背起來很痛苦。

可悲的我漫無目的，也沒有任何地緣知識，僅是被這座城市的氣勢給壓倒。離開喧鬧的地方吧。我心裡想的就只有這件事。隨後我邁開步伐，朝遠離車站的方向前進。

如果是在我的故鄉花泉，不管前往哪個方向，只要一離開車站，大約走個十來分鐘，四周就會變成田地。這時間要是沒有月亮，晚上就會是全黑的。但是在這座城市、新宿這裡，無論我走了多久四周都是燈火通明，光源從不間斷地一直延伸出去。不僅如此，不管我走到哪裡，「車站入口」就是會接二連三地一直冒出來。只是這次的車站是地鐵。儘管我嘗試想要遠離車站，馬上又會被別的車站抓到。不論我身在何方，周圍的熱鬧都從未停歇。

在經過一條稍微有點大的馬路後，我隨即進到一區進駐許多小型酒吧和小酒館的地方。路上還有男人手牽著手，儘管我內心十分好奇，卻也不敢直視他們。就在我縮著身子，繼續往前走的時候，我發現附近有一座小小的公園。

那地方，就像是一座巨大的城市裡，被人開了一個小洞一般。

不知道是不是新建的，溜滑梯跟單槓看起來很乾淨，照明也很明亮。只是相對的，四周也散落許多空罐，以及便利商店的袋子。

溜滑梯的周邊，分布幾個矮小的水泥圓柱，不知道是給人坐的還是設計的一環。

其中的一個圓柱上，被人**相親相愛**地擺著兩罐燒酎調酒。

我看那兩個空罐實在是太可愛了，便決定坐到附近的圓柱上。或許是我的錯覺吧，總覺得上頭還留有某人的餘溫。雖然兩個空罐放置的距離近到可以互相依偎，實際卻沒有真的接觸到彼此。

這兩個人，在這座公園裡聊了什麼呢？

關於兩人的未來？過去？工作？音樂？最近看的電影？還是說……聊了分手的事？或是僅僅是一般日常的聊天？在這之後，這兩人又去了哪裡呢？兩人的家？其中一人的家？又或是附近的賓館？

我發揮想像力，幻想著手握這罐酒時的冰涼，還有隨著兩人對話，手指的觸感在炙熱的氣溫下，逐漸變溫的過程。

我好像稍稍得到了療癒。彷彿在這個街道中，眼前兩個空罐間的微小隙縫，便是這裡最溫暖的地方。

就在我沉浸在這微小隙縫的時刻，那三個人便出現在這座公園裡。

渡邊大叔一邊笑著一邊點頭，靜靜地在一旁聽著我說。

「那麼該怎麼做，露子才能順利唱出歌呢？」

「只要習慣了人潮應該就可以吧……」

只要習慣的話……

儘管我嘴上這麼說，但是到底要待幾天才會習慣呢？自己又該怎麼做才會習慣呢？這和我所體驗過的一切實在相距甚遠，完全無法想像。

「大叔可以陪我一起站出去嗎？」

此刻我突然有了一個想法。

「我嗎？站在哪裡？為什麼？」

「站在街頭上啊。」

「可是我光是站在街上就覺得很不舒服了，硬要說的話，我都是遠離人群在生活的。」

「你應該有上臺表演過吧？」

聽我這麼一說，渡邊大叔隨即露出一臉複雜的表情，想必是想起了過去的種種，而且還跟現在的他有關。

「妳要我在手上沒有任何樂器的情況下站出去？」

「我來唱歌，所以吉他就交給你來彈。」

這樣就好啦！畢竟這個人剛才在彈吉他的時候，我在心中也跟著一起唱了啊。

「像我這麼髒的人只會嚇跑大家。而且我這麼臭，妳也不會想跟我站在一起吧？」

他說得沒錯。我現在人就站在上風處，離他大概有三公尺遠。

「我覺得只要把你變得不臭就好。」

「可是我去不了大眾澡堂，也沒有乾淨的換洗衣物。」

「我不是要你找辦不到的理由，我們只要想出解決的辦法就好。」

「妳可以不要說那種、像是班長才會說的話嗎？」

我確實當過班長，但是我並不喜歡讀書。

「渡邊同學！」

我展露出從舞臺上面向觀眾席，直盯著某人時的表情。

如果想要抓住群眾的心，那就不可以隨便帶過觀眾席，妳必須將視線對著某人才行。告訴我這件事的人是吉崎。

當時的吉崎政彥，就在一關的千廄町內，一家開在縣道旁的「展演空間二四七」裡打工。

後來我便在下一次表演時，直盯著吧檯內的吉崎，唱完了整首歌。我們也因此而開始交往。

我自認自己是靠著歌聲奪下了他的心，不過吉崎卻表示，他是故意給我那樣的建議，而我只是剛好上了他的當。

反正不管原因為何，在那之後有一陣子我都叫他名字政彥，直到我們不是情侶後才又改回叫他吉崎，現在彼此仍是很好的朋友。

雖然那間叫做「二四七」的店內，掛有展演空間的招牌。

不過實際有表演的日子，就只有一個月的幾天。白天就是一間會提供拿坡里義大利麵、咖哩飯、玉子燒定食那樣的小酒館。

店內還有專業的擴音系統（註20），配備齊全到讓人覺得和這間店不是很搭。這些設備平常都會提供給熟客來唱卡啦ＯＫ使用。

頂著一頭褐髮的老闆娘，有時也會穿著閃亮亮的衣服上臺唱歌。像是石川小百合的〈越過天城山〉、蒂娜・透娜的〈Private Dancer〉的歌，都是她拿來擄獲常客歡心的拿手好歌。

店名的「二四七」好像也是取自蒂娜・透娜的〈Twenty Four Seven〉那首歌，不過我從來沒聽過有人那樣叫店名，大家都只有講「二四七」或是「二四」。

吉崎當時就是在裡頭做音控的，有時也會幫客人做做調酒，偶爾上臺唱個幾首歌。

我第一次在「二四七」表演時，由於當天下了大雨導致客人很少，老闆娘還特地幫我打電話，叫她的常客們來捧場。

「歡迎妳隨時來唱哦。」

我聽從老闆娘的這句話，一有時間就會背著吉他繞去店裡唱歌。那些會唱內

註20　擴音系統：指一般公共的大型場地，如演講廳、體育館、演藝廳、會議室或是大型教室等，所裝設的以擴大講臺或舞臺上演講者或表演者聲音為主要目的的擴音設備。此項系統通常由麥克風、擴大機與喇叭（揚聲器）三種基本設備所組成。

山田洋&Cool Five的〈長崎今天也下著雨〉的客人們，都會認真地聽我唱我的原創曲。雖然會花到一些交通費，不過只要在那裡唱歌，就會有常客請我吃飯或是喝酒，當作演出的費用。

我在「二四七」那裡學到了很多東西，像是唱歌時不是只有全力吼叫，就算用低語般的聲音，也能**確實傳達出去**的麥克風技巧與唱法，還有針對民謠吉他表演的音調設定方式等等。

我猜老闆娘一定當過歌手，並且在哪裡唱過歌。只是我問了她也肯定不會跟我說。

畢竟如果要唱蒂娜・透娜的歌，就沒辦法用便宜的麥克風唱，必須用Shure的動圈式麥克風，而要能確實將那聲音接收進去，Soundcraft的混音器就不可或缺了。要是用一般的卡啦OK機，就會讓Headroom（註21）不夠而導致失真。也就是說，聲音會因為音量太大而造成破音。反過來說，假如是用不會讓麥克風破音的方式唱歌，那就無法盡情歌唱了。

註21　Headroom：在類比或是數位器材上，當音訊過大即會產生失真——也就是破音。「Headroom」這個詞在音箱上指的是音箱能夠將訊號放得多大而不產生失真，就像訊號的「頭上」Head還有多少「空間」room不會撞到天花板（器材的極限）之意。

據老闆娘的說法表示，「如果配合爛機器去唱歌，那麼歌也會一起變爛的」。

我一直覺得，老闆娘過去曾在某個地方當過歌手，因為一些事情而無法繼續下去，但是她又無法放棄唱歌，才會開了那間店。然後她之所以會把吉崎或是像我這樣，想到小鎮外闖蕩的人叫來店裡唱歌，無非是為了讓我們能有舞臺經驗。

「那我可要練習一下了。」

在經過一段漫長的沉默後，渡邊大叔有些害臊似地開口說道。

「太好了！那我們現在就在這裡練習吧！」

「可是公園這裡是不能練習的。」

「為什麼？」

「因為住在這附近的人會抱怨，這樣一來我們就會被趕走。這附近其實還有一座小公園，我之前晚上都會去那裡睡覺，只是那裡經常有人喝酒鬧事，後來就被附近居民投訴。不過寫了告示牌好像也沒用，最後新宿區這裡就決定在外圍特別增設圍欄，一到晚上公園就會被整個封閉。」

「妳看。」渡邊大叔手指的方向是公園對面的一棟公寓大廈。雖然我抬頭看見的各個窗戶內，幾乎都是天花板跟照明器具，有螢光燈、白熾燈等等。但是那些點點燈火的窗戶，同時也代表著住在裡頭生活的人們。

「都市裡要注意的地方真的還挺多的呢。」

我是因為期待這裡能遇上許多人事物才來東京的。

只要有各式各樣的人，就能遇見各式各樣的人生。

我真的可以站在街角，擋住行人唱歌嗎？我突然又有先前那種感覺。

「如果這裡不能練習的話，那就去卡拉ＯＫ包廂練習吧。」

對從事音樂的人來說，卡拉ＯＫ包廂就像是練習的錄音室。

「臭味會悶在裡頭哦。」

渡邊大叔故意使壞地說道。

也不知道是因為在他身邊待上一陣所以習慣了，還是站在上風處的關係，我完全忘了味道這回事。

「渡邊大叔，你先把身體弄得乾淨一點，只要可以讓你進澡堂洗澡就好。我會在這段期間幫你準備可以穿進澡堂的乾淨衣服。剛好我這裡有沐浴乳跟洗髮精，這樣你就可以使用那裡的廁所先洗一下身體了吧？」

還好現在是夏天，如果是冬天肯定會凍死人。

我打開智慧型手機，搜尋了一下附近。

ＯＫ。新宿三丁目的 UNIQLO 開到晚上十點。

「這附近的大眾浴池真厲害，竟然開到晚上十二點或是半夜一點呢。」

「那是當然。」

「為何渡邊大叔要在這裡一臉驕傲啦，又不是你經營的。」

「如果是黃金街裡面的羅馬澡堂，就會開到早上九點哦。不過深夜價格會是四千兩百日圓。」

真不愧是這裡的人，知道得很清楚。

「但是他價格太貴了我去不了，那裡可是我憧憬的羅馬假期啊……雖然我每天都在放假就是了。每次我都只有看看外頭的價目表，最後摸摸鼻子離開。」

在UNIQLO要買的東西有T恤、短褲還有內褲。那裡有賣毛巾嗎？啊、有了。雖然也有浴巾，但是洗臉的毛巾比較便宜。

感覺事情走向越來越有趣了。

一切都是為了讓渡邊大叔能夠去澡堂洗澡，以及為了讓我能夠在新宿唱歌。只要成功的話，就能讓這兩個不可能變成可能。

為此，我們首先要策動的就是「讓渡邊大叔進澡堂洗澡計畫」。

我從背包裡拿出沐浴乳和洗髮精。這是我之前拿到的試用品，現在被我拿來當旅行組合的盥洗用品，還是全新未拆封過的。

「這給你。你可以全部用光不要緊，多用一點才洗得乾淨。」

我將盥洗用品遞給了渡邊大叔，他便用先前為了彈吉他而洗淨的雙手接下。

「那我先去買衣服了。」

「那個、內褲拜託不要買貼身的，請幫我買寬鬆一點的。」

「我知道了，不要悶熱款的對吧？」

我轉身背對渡邊大叔的笑臉，靠著Google的地圖，前往UNIQLO。

八月的尾聲，店內的衣物已完全變成秋冬款了。不過這樣反而算是幸運呢。我買了花車特賣的五百日圓T恤三件，六百九十日圓的短褲一件、五百九十日圓的寬鬆內褲兩件。每一件都很不錯，一想到要選一件就很猶豫，有種「乾脆兩個都買吧」的感覺。這也是我第一次買男性的內褲，所以在收銀機前實在是有點害羞。

我花的時間遠比我想像中的還久，當我好不容易回到公園時，這裡的氛圍不知為何，變得與剛才有些不同。

廁所前面又出現了其他人。遠看有一位不認識的男人，還有兩名身穿制服的警察。

「不行不行，妳不能靠近。」

警察制止了打算靠近廁所的我。

「可是。」

我本來想強行進去，但是那兩個警察實在很難纏，要是我使出空手道的伎倆，應該會被以妨礙公務罪逮捕吧。

「可是我快忍不住了啦。」

我趁警察面露遲疑的瞬間衝進了女廁，對方也就沒有追進來了。

隔壁傳來了流水聲。

「大叔？渡邊大叔？你在隔壁嗎？」

「在，我真是要昏倒了。」

水聲逐漸轉小，我們便隔著男女廁之間的牆壁開始對話。

「為什麼會有警察？是發生什麼事了嗎？你可以跟我說明一下嗎？」

「剛才我脫光衣服在洗澡時，就有一個男的走了進來。事出突然我也嚇了一跳，回頭一看那人就跑了。後來那個人好像跑去報警，說是公園裡有一個全裸的男人。於是警察就來了，他們把我當成變態，誤會我是暴露狂啊。」

那畫面確實就和**暴露狂**很像。

「那大叔你現在在幹麼？」

「我全身都是泡沫要把它沖掉啊。」

一開始完全不起泡，所以在洗第二次的時候，我就把剩下的沐浴乳通通擠光，結果這次又變成泡沫太多。那男的就是在這時候進來的，一進來就看見一個全身都是泡沫的人在裡頭，當然是嚇了他好大一跳。」

我想像了一下他全身都是泡沫的模樣，以及被人看見的瞬間。

「後來警察就來了，要我跟他們去警局一趟。可是我總不能這樣過去，他們就要我趕快洗乾淨，我現在就是在沖我的泡沫。」

「可是你能洗澡的機會不多，如果沒有好好洗掉髒汙沖洗乾淨，那就太浪費了。」

「那是當然，我就是這麼打算的。畢竟我身上還有前往澡堂的重要任務嘛。我已經讓兩位警察等很久了。」

問題是，現在該怎麼解決眼前這件事。萬一弄個不好，渡邊大叔很有可能會被帶到警局，到時候如果被關進去，我們也就無法練習唱歌了。

【新宿公園內逮捕到一名全裸男子】

我曾經在報紙上看過這麼一個標題。

「那個，我該怎麼做才好？」

「妳願意幫我跟警察解釋一下嗎？」

那我應該怎麼解釋呢？

一個來自鄉下，沒有勇氣無法在街頭唱歌的自彈自唱歌手，在公園認識了一個流浪漢大叔，兩人便決定攜手合作演唱，但要是去卡拉ＯＫ包廂練習的話，大叔的身體會太臭，所以打算先去澡堂。

問題是大叔的身體實在太髒，澡堂的人不會讓他進去，因此他才會先在這座公園的廁所裡洗一下身體。

這故事他們會信嗎？

每個環節分開來講的話好像滿有可能的，但是全部擺在一起就顯得不太可能。明明是真的卻像假的。而大叔就是因為上述原因才在廁所洗澡，卻偏偏碰見有人來上廁所，然後對方就跑去報警，就成了現在這個局面。

「那個……」

乾脆走一步算一步吧！我直接走出廁所。

「裡面那個人，是我的朋友……」

「妳的？」

「是我把沐浴乳拿給他，叫他去廁所洗澡的。」

「妳？」

「妳為什麼要他在廁所做那種事？」

只見兩名警察納悶地歪著頭。確實是啦，畢竟這種情況根本稱不上常見。

「那個人，他會犯什麼罪嗎？」

「我們剛好正在問這位先生詳細情況，問他是在哪裡看到，以及看到了什麼。」

看來眼前這名男子就是撥打一一〇通報警察的人。

「然後我們也因此得知，他看見了對方的全裸背影。也就是說，那個、我想想……就是沒有看見局部的地方。」

那名年輕警察在講**局部**的地方時，聲音也跟著轉小。

「也就是沒有問題的意思嗎？」

「嗯，算是可以這麼說。」

「太好了。」

「那麼就先這樣，我們也要準備離開了。」

「那個……」

我攔下了正準備離開的兩位警察。

「怎麼了嗎？」

「可以請您幫我把這個交給他嗎？這是換洗的衣物。」

警察的表情依舊帶著不解神情，不過他似乎是察覺到大叔無法裸體出來，以及我也無法進去男廁拿給他這兩件事，便接下 UNIQLO 的袋子，走進了裡頭。

雖然是沒有預料到的危機，但事情總算是告了一段落。

穿上嶄新T恤的渡邊大叔和我，便靠著智慧型手機，準備前往新大久保韓國城中心的澡堂。

在確定他能夠進去澡堂洗澡後，我也暫時鬆了一口氣。我們的計畫執行得很順利。

我看他應該要花上不少時間，想說可以趁這期間找個地方作曲，便走進了一間家庭餐廳。

我想把主旋律跟歌詞，嘗試加進剛才渡邊大叔彈的那組和弦裡。

在家庭餐廳沒有辦法讓我彈吉他，所以我是戴上耳機，用智慧型手機打開製作音樂的APP。

我只需在吉他畫面上，確認好和弦之後讓它播放，接著再從鋼琴畫面上，試著彈奏旋律。這樣我就可以在不發出聲音的情況下，利用智慧型手機偷偷地創作。

我大概編寫了八個和聲確定了主旋律，剩下就只有加上歌詞，再做些許微調即可。那就是手機之外的工作了。

我對這座城市的感覺好了很多。

即便走在這充滿疏離感的韓國城裡，也讓我覺得自己逐漸適應了街上的氛圍，一切就僅是因為我多了一位**朋友**。

雖然旅行可以讓人體會獨特的不安感，但是若想在這裡生活，身邊如果沒有一個相處自在的人，心裡的感覺就會有著雲泥之差。

我沒有什麼組團表演的經驗。

高中的時候，我曾經組過一個五人樂團並在裡頭擔任主唱。但是後來因為團內的戀愛問題，讓大家的關係變得亂七八糟，讓我有過不好的經驗，所以自從那次之後我都一人活動，到現在也是如此。

不過我並不討厭與人合作，畢竟一人獨自演出時，偶爾也會碰上幾次共同合作表演的機會。

我和渡邊大叔的相遇也算是其中一種。如果硬要說我現在要做的事情，和過去有哪裡不同，那就是我把吉他全權交給渡邊大叔來彈奏，自己則是把重點放在唱歌上頭。

至今為止，我不管是跟誰一起合作，都會自彈自唱，然後再加入其他人一起表演。

對了，我也得寫下今晚練習的和弦進行（註22）。這項作業一路以來都是我獨自完成，所以也沒有必要將自己演奏的曲子寫成樂譜隨身攜帶，不過今晚我必須寫出一個渡邊大叔專用的樂譜。

我從背包裡取出我的A4螺旋筆記本，並在上頭寫下原創曲的三組和弦進行。

時間已經來到晚上九點四十分，一個小時一下子就過去了，就快到我們約定好的時間。

「我三十分鐘後就出來。」

渡邊大叔一開始是這麼說的，但我認為絕對不可能，所以才提議改成一個小時半。在這種季節，一連好幾個星期都沒洗澡，身上的髒汙肯定是怎麼洗都洗不完的。這些話我高中的時候，曾經聽過登山社的那群臭男生，一臉得意地說過好幾次。在公園用廁所冷水洗過也是，就跟稍稍摸過表面沒什麼兩樣。

「不管你洗幾小時，費用都一樣會是四百六十日圓，那不慢慢洗豈不是很浪費？」

註22　和弦進行：泛指一連串的和弦轉換，從而產生不同的情緒效果，是西洋音樂學中和聲學的根基，也是一首樂曲中至為重要的創作元素。

聽我這麼一說，渡邊大叔也覺得挺有道理，便決定一個小時半後再出來。我們將集合地點，選在韓國城入口處的唐吉訶德那裡。盛岡也有唐吉，我也有去過很多次，所以大概知道是怎樣的一個地方，而且渡邊大叔也知道。總之，希望是在有冷氣的地方集合就是了。

正當我在唐吉的賣場看便宜吹風機時，有人拍了一下我的肩膀。

「哇啊！我完全認不出你耶。」

原本纏在一塊亂七八糟的頭髮，在用梳子梳過之後，變成了像是一般音樂人的長髮，就連鬍子也剃得十分乾淨。

要是漫不經心地擦身而過，根本不會認出是誰，完全變成了另一個人。

「哇唔，渡邊大叔你幾歲啊？」

「五十三歲。」

「我還以為你肯定超過六十了，沒想到實際歲數還比較年輕呢。你比我想得還要白，長髮的部分也很帥。」

我湊近他，試著聞了一下他的脖子附近。

「沒問題，合格了。」

洗髮精的味道，還摻有一點……應該是渡邊大叔自身的味道。

「我想要吃冷麵，你陪我去吧。」

渡邊大叔看起來好像很開心，不過他幾乎沒說什麼話。

「妳可別以為我是流浪漢就沒錢啊。」

渡邊大叔口中所說的，是指一百日圓？一千日圓？還是一萬日圓？我實在不懂他「有錢」跟「沒錢」的基準。總而言之，今晚的費用我打算把它當作伴奏吉他手的酬勞，通通由我來支付，所以我也沒有必要擔心這個人錢包裡有多少錢。我只要以我的錢包大小，去做任何我可以做，以及想做的事。今天對我的人生來說，可是非常重要的一天。

我們一邊找尋卡拉ＯＫ包廂，再一次走在韓國城的街上。有些店寫的字我甚至都看不懂，也不知道裡面在賣什麼。

「這裡不錯耶，凌晨十二點到早上五點，一個人只要一千日圓。」

「應該不會是一小時一千日圓吧？」

我們隨即打開大門，向裡頭的人確認價格——沒問題。

「我們只要去吃飯，吃到十二點就可以了吧？」

在告訴對方我們晚點再回來之後，我和渡邊大叔決定去吃對面的燒肉店。

「這時間，有地方可以回去的人，都要去搭末班車了吧。」

當我們正烤著眼前燒肉時，周圍的客人也一個接著一個離開。後來等我們開始吃冷麵的時候，直至剛才為止都還是客滿的店內，現在也只剩下我們。渡邊大叔便在此時嘟囔了一句。

「看著人們急急忙忙地去趕末班車，是我覺得最寂寞的時候。」

末班車這個交通工具，是為了那些「有地方回去」的人而存在的。

沒有歸宿的渡邊大叔及拋棄歸宿的我。在對話停止的短暫時刻中，或許我們兩人都想著同一件事情。

渡邊大叔好像吃得很不好意思，我也假裝自己沒發現，反正我只要吃多一點給他看就行了。不過考慮到之後要唱歌的事，我必須克制一點，要是肚子脹起來，發聲的時候就沒辦法好好使用腹部肌肉了。

當我們再度回到唱卡啦ＯＫ的地方時，是在午夜十二點的前十分鐘。不過我們還是過去和對方交涉，也成功地以「到早上五點一千日圓」的價格進去包廂。

「那麼祝兩位歡唱愉快。」

厚重的隔音門被關上以後，包廂內瞬間安靜到耳朵像是被人塞住了一般。

發出大聲音會讓人嚇到，不發出聲音也會讓人嚇到。

感覺我的呼吸聲，好像也會被渡邊大叔聽到，於是我便稍微張開嘴吐氣。直到剛才為止我都還很放鬆，現在卻突然意識到，自己和幾個小時前才認識的男人，單獨待在這狹小的隔音房間裡。除了知道他是一個會彈吉他的人以外，我完全不知道這個人的真實身分為何。明明在幾分鐘以前，我根本不覺得自己有必要知道那些。

我打開吉他的厚袋，此刻的拉鍊聲格外響亮，不過這聲音也很快地就被一旁的隔音建材給吸去，消失得無影無蹤。

「給你，那就麻煩你了。」

我抓著琴頸將樂器遞出去，順手接下的渡邊大叔也將它抱在自然的位置上。感覺他好像盡量不看向我這邊。

「請幫我點一杯烏龍茶。」

他一邊開始調音一邊說道。對哦！我們還需要點飲料。

我拿起牆上的電話，向服務生點了兩杯烏龍茶。

就在這時，我聞到了渡邊大叔的洗髮精味。我身上該不會有汗臭味吧？我心裡不覺想道。早知如此，當初就應該一起去澡堂的，現在後悔也來不及了。

「你抽菸嗎？」

我還沒等他回答就先為自己點了一根菸，隨後便將香菸打火機一起放在桌上。打火機喀嚓一聲地響起，調完音的渡邊大叔也開始抽起了菸。

「抱歉讓兩位久等了。」

隨著隔音被人打破，外頭的噪音也和店員一起湧進了包廂。店員將玻璃杯放在桌上後，隨即離去。

渡邊大叔開始刷弦。

G　Em　C　D　G——

這是……

又一次，G　Em　C　D　G……

我猜的沒錯。

When the night has come……

第九小節，我配合吉他開始唱起了歌。「對、沒錯。」渡邊大叔也點頭露出笑臉。這是班・伊・金的〈Stand by Me〉。大概所有玩音樂的人，光聽節奏就會知道了吧。

我拉開嗓子盡情地熱唱，結束後，便和渡邊大叔握了手。我的緊張完全消除了，這就是音樂的魔法。

接下來的三小時，我就是繼續地唱。

我們就這樣不斷重複，螺旋筆記本的樂譜上頭，也多了渡邊大叔的字。

為什麼我的心情能如此舒暢呢？
為什麼我會覺得如此幸福呢？
為什麼這麼簡單就能讓我的心情起了變化呢？
「麻煩我要兩杯生啤。」
我們拿起店員送來的啤酒杯，互相乾杯。
我很開心看見渡邊大叔的笑容，讓我看了也想要一起大聲笑出來。

「喂！起來了。早上了，準備上場了。」
我揉著睡眼惺忪的眼睛，勉強睜開了半隻眼，隨即看見天花板的方向映著一張男人的臉，害我嚇得立刻跳了起來。
這是某個我沒見過的房間，牆上的電視好像在播放著什麼卻沒有聲音。
在我理解這一切以前，實在是需要一些時間。
「要上場了。」
是渡邊大叔。對了！我跟這個人一起對曲練唱，唱到後來心情極好，最後累到筋疲力盡，直接倒在卡拉ＯＫ包廂裡的沙發上。
上場。對！我要上場！我終於要上場了！

我想起來了。我們決定要配合新宿車站的首班車，在街頭演唱。

這時候的人潮比傍晚少，也不會擋到人家通行。

今天是星期六，很多人都休假，所以準備去搭首班車的人也不會那麼趕時間。雖然以現在的時節來說，暑氣還未消散，不過早上五點的溫度還算涼爽。一定會有人願意停下腳步聽我唱歌的。

肯定沒人會想到，我竟然會選在早上五點在街頭演唱。光是這麼一想就讓我覺得非常興奮。

「現在幾點了？」

「四點，還有三十分鐘電車就要開了。」

我得趕快起來才行。

「難得有機會一起演出，一起換上上臺的衣服吧。」

渡邊大叔說著便從袋子裡拿出另一件T恤。

我們走在韓國城的大街上，整區的人都還沉睡在夢中。

雖然沒有很熱，但也沒有想像中來得涼爽。空氣間傳來了馬路和大樓的熱氣，將我整個身體包覆住。感覺今天也是炎熱的一天。

路邊有位阿姨正拿著掃帚，默默地在清掃道路。還有一隻發現魚骨頭的貓，牠好像是從烏鴉翻亂的垃圾袋中找到的。一旁還開著燈的店家內，傳來了韓文的卡啦ＯＫ歌。

職安通上已經有車子在跑了，不過沒什麼人前往新宿車站。

我們來到了 Hello Work，從這開始沿著鐵路走，就會看見一個叫西武新宿的車站。這個叫做新宿的街區，到底有幾個車站啊？從哪裡到哪裡可以稱作是新宿的街區呢？每一條街的開始跟結束都沒有劃分得很清楚，就這麼造就出這座名為巨大東京的城市。

這附近的路邊有很多被液體噴灑過的痕跡，以及一堆從餐飲店內拿出來的成堆垃圾。

要是拍成照片，感覺會是一幅殺氣騰騰的景象。不過，像這樣的街道，我們還是……至少我是意氣風發地走在上頭的。

從我來到東京，才經過了十四個小時。在這麼短的時間，自己竟然會有這麼大的變化，就像是被人施了魔法一樣。我想這個街區裡，一定存在著神明大人吧。

就在我們橫越大馬路的那一帶開始，前往車站的人潮也變多了。他們都是要去搭乘首班車的人。在夜晚時分，發揮出海綿般吸力的街區，此刻也跟著日出一起開始呼吸，將原本吸進的人潮，通通吐回大街上。

渡邊大叔在一條短短的林蔭道上停了下來，這裡離車站很近。

「大概就在這附近吧。」

我們對上視線，接著點點頭。

這一刻，終於來臨了。

我把報紙攤開放上我的厚袋，接著把它打開。

這把吉他，直至剛才為止都被放在冷氣開很強的包廂內，比起周圍的氣溫，顯得有些冰涼。

我從袋子旁邊的口袋拿出一張卡片，上頭有用彩色筆，寫上「岩谷露子」的名字。接著我把它放進內容物早已空掉的吉他盒中。

也不知道大家是不是經過了漫長的一夜，所以感到非常疲憊，又或是還在酒醉的關係，這時間的人們，走在街上的步伐非常緩慢。

渡邊大叔將支撐吉他的吉他掛帶掛上了肩膀。

接著他瞥了我一眼，在我們視線交會後，我點了點頭。

G　Em　C　D　G——

渡邊大叔開始彈起吉他，是那首大家都知道的〈Stand by Me〉。

有個人經過便轉頭過來，我前方的人也停下了腳步。

「當夜晚來臨，大地被黑暗籠罩，月光是我們唯一能看見的光。
不，我不會害怕，喔，不會害怕。
只要你陪伴在我身邊，陪伴在我身邊。

如果我們所仰望的這片天空，即將翻騰殞落，
或是山巒崩塌沉入大海，
我不會哭泣。不，我絕不會流下一滴眼淚。
只要你陪伴在我身邊，陪伴在我身邊。

親愛的、親愛的，
陪伴在我身邊，陪伴在我身邊。」

Stand by Me。
我現在才第一次體會到歌詞的意思。彷彿像是為了今天這個時刻而存在的歌。
身體多餘的力氣都沒有了，可以非常自然地、舒展地唱歌了。
夜晚剛開始的時候，我失去了自信心，不知道該怎麼辦才好。

現在夜晚結束了，早晨即將開始。

唱不出歌的歌手，岩谷露子已經不在了。

接下來唱的是我們練習的三首原創曲。

現場沒有半個人離開，就連第一次聽的歌，人們也是安安靜靜地聽完了。

第三首歌有加入吉他的獨奏，我在卡拉OK包廂聽到的演奏已經夠讓人著迷了，不過現在的獨奏又比那時厲害了好幾倍。

有一個背著吉他的年輕人，就站在人群的最前面，屏氣凝神地一直盯著渡邊大叔的手附近。

「感謝大家的掌聲，大家好，我叫做岩谷露子。

我是為了唱歌給各位聽，昨天傍晚特地從岩手縣來到東京這裡。

也多虧了有各位，讓我成功完成了最棒的首次登臺表演。

然後我旁邊這一位，是我昨天因緣際會偶然認識、也是今天的吉他手——渡邊涉！」

四周隨即響起熱烈的掌聲。

渡邊大叔就像是被老師稱讚的中學生一樣，一臉害羞地行了一個禮。

我也用盡全力低頭鞠躬，結束了這場演出。

我們旁邊有一對一直靜靜地聽著我們演奏的情侶。只見女生那方在此時，害臊地朝吉他盒中丟入一張一千日圓。一旁有好幾個人看見這一幕，也跟著紛紛丟錢進來。一百日圓、五百日圓、二十元日圓……不管投多少錢都沒有關係，我真的很感謝大家。

我成功唱出歌來了。而且，還有人喜歡我的歌。

「露子，謝謝妳。」

渡邊大叔一邊將吉他從肩上卸下，一邊朝我走了過來。

「妳救了我，讓我能夠洗澡、幫我買了衣服，還有讓我睡在舒服的柔軟沙發上，甚至讓我彈吉他站上街頭表演，真的很謝謝妳。」

「那全都是你應得的酬勞哦。要說謝謝的人是我才對。」

我用毛巾擦去汗水。

「渡邊大叔可是我的神明大人呢。因為要是我沒有與你相遇，你也不會來當我的伴奏，那我很有可能唱不出歌來，就這麼回去了岩手。

我才要感謝你讓我唱出歌來，讓我站在街上，真的很謝謝你。我已經可以唱出歌，也不怕上街了，我可以在東京繼續我的夢想了！」

「太好了，那妳要好好加油哦。」

那是當然——我在心中點頭道。

「那我們就在此道別吧。」

「渡邊大叔，你之後有什麼打算？」

「趁我的身體還乾淨的時候，去一趟 Hello Work 看看吧。」

「這樣啊，那很不錯呀。我們還會再見面嗎？」

渡邊大叔沒有家，更沒有手機，也不會有電子郵件信箱，跟LINE的帳號。

「還會再見面的，我會在街上找妳。只要妳在這座城市唱歌，我一定會找出妳的。或許會是街頭表演，也或許會在展演空間。搞不好也可能會是武道館或東京巨蛋也說不定呀。我會去找妳，而且一定會找出妳。我一定會找出那個唱著歌、站在舞臺上的岩谷露子。」

這個人為什麼要講這麼「討厭」的話啦。我死命地忍住眼淚。

「謝謝你。」

我用雙手包住他向我伸出來的右手。

「再見。」他拍著我的肩膀這麼說道，於是我也用力地拍了回去，並回他：「再見。」

「幹麼，很痛耶，我的背可都是瘀青啊。」

他話還沒說完，就轉身背對車站，往來時的方向邁步前進。往那個方向走的話，就會看見 Hello Work，不過今天是星期六所以沒開。

我看著他穿著T恤的背影，發現他的 UNIQLO 吊牌還在，不過最後還是放棄叫住他。

先去找個地方吃頓早餐，再來想想要住哪裡吧。我用渡邊大叔的和弦編出的曲子，也得記得填入歌詞，之後可要好好練習呢。

這也是為了將來某一天，渡邊大叔找到我唱歌時的那一刻。

第三話

歡迎新人，無經驗可

「市彩」這個有點獨特的店名，據說是和守利先生兩人一起共同經營這間店的由貴子姊，還在京都當舞妓（註23）時的花名。

方格形狀的毛玻璃拉門，上頭用著白色字體寫有「番菜」二字的藍色門簾，以年齡來看依舊風韻猶存的五十多歲女老闆，沉默的廚師。吧檯的大盤上，擺放著五種左右的京都傳統料理。原先用油性麥克筆寫上品項的細長紙條，如今大多都已褪成了淺咖啡色。

「因為我考不上藝妓，所以就放棄了。」

舞妓若想成為藝妓，那麼在修業中就不得談戀愛。由貴子姊似乎就是違反了規定，才會放棄藝妓這條路。

也因為如此，這間店明明就位於歌舞伎町的正中間，卻一點也不像歌舞伎町裡會有的店家（定食市彩）。而會來這裡的客人，也不會叫由貴子媽媽桑或是老闆娘，而是會稱呼她為姊姊。

註23　舞妓：又稱舞子，是成為藝妓前的見習生。由於主要以舞蹈技藝來接待客人，因此被叫做舞妓。

「其實叫姊姊的，是針對那些還在當藝妓的前輩，引退之後就變媽媽了。」

姊姊帶著正宗的東京腔，這麼辯解道。

「沒有關係，反正這裡也不是京都。」

每當談到這個話題，平常沉默寡言的守利先生就一定會開口回道。據說原本是舞妓的「市彩」會違反規定，就是為了這位三十年間，都拿著菜刀待在吧檯裡的守利先生。然而，就算是某位常客問起這件事，兩人也只會含笑帶過，不會再多說什麼。不過光是這樣，就足以讓那些客人盡情妄想，兩人從京都上七軒來到歌舞伎町的「愛的逃亡」。

「小茜今天也沒來呢。」

沒錯。茜已經很久沒有來這間位於歌舞伎町的正中央，一個讓人勉強能喘息的食堂。

志村加奈第一次在這家店遇見茜，是在東日本大地震那年夏天。

大地震之後，加奈工作地方的稅務師，因為腦中風而病倒，最後不得不收起事務所。而原先擔任行政工作的她，面對公司即將停業的窘境，也只能先想辦法處理完剩下的工作。等待工作告一個段落後，她便從老闆娘那裡拿到了三個月的薪水以代替她的退休金，然後她就這樣失業了。

從這一連串的荒謬發展，到她以酒保學徒的身分，進去一間叫做「射手座」的酒吧學習，其實也沒有相隔多久時間。那間店也是她以前經常光顧的店。從那時開始，她在上班跟下班時間就變得很常來「市彩」。

「會來歌舞伎町的人，都不太會進來這間店呢。」

這便是坐在離出入口最近的位置，等待著餐點出餐的茜，開口的第一句話。

在這間只有吧檯座位的店內，客人若不是穿著T恤配涼鞋那種居家裝扮，就是服裝比一般人還來得正式，這類人大多是從事特種行業的男女。

「來玩的人，是不會想要進來這種帶有家庭感的店啊。」

姊姊這麼說道。

「是這樣嗎？可是我覺得這裡很正常，待起來也很舒適啊。」

她的這番話，讓坐在隔壁等待餐點出餐的加奈很有共鳴。

「妳是從事什麼職業的？」

「我以前在仙台做廣告相關的工作。」

對方以過去式的內容答道。

她那頭染成淡淡栗子色的頭髮，顯得柔順又輕盈，就連指甲顏色也是一組的，真不愧是待在廣告業界的人。年齡上應該是三十多歲吧。

「竟然會工作到這麼晚，看來挺辛苦的呢。」

加奈原本是抱持著一般對話的心情說道。

說到底，會來這間店吃飯的人，大部分都是在晚上工作的。

「雖然說是廣告業，但也只是地方上的廣告公司，一點也不厲害。工作內容大概就是做超市或柏青哥的傳單，還有免費發放的當地廣告情報誌之類的。」

「現在沒有從事廣告相關工作了嗎？」

「不是，嗯……」

加奈發現對方的側臉表情變得有些難看。

糟糕。要是本人沒有特別說明，這裡的人一般是不會追問對方的職業。這也是在這區工作的人之間，不成文的規定。畢竟在這街區裡，混合著各式各樣的價值觀、偏見以及歧視。儘管做著同一份工作，還是有人無法抬頭挺胸地告訴他人。

「真的非常抱歉，是我問得太深入了。」

「我在三一一大地震之後才來東京的。公司是在仙台市內，所以沒有直接受到災害，只是工作也跟著沒了就是了。因為不管是賣東西的店家或公司，還是買東西的民眾住家，海邊附近有的所有東西，全都被海嘯沖走了。」

加奈不知道該怎麼接話才好。

「就連我老家也被沖掉了……畢竟那裡離海邊很近，在一個叫做閖上的地方。」

是門這個字中間加水，叫做閖上。她將自己故鄉名解釋給加奈聽。

加奈第一次聽說這個字，門中間有個水的文字。

三一一大地震發生那天，加奈正在靠近中野坂上的西新宿盡頭，一間稅務士事務所裡工作，就在以前街名叫做十二社那附近。

事務所就位在一棟屋齡四十年的五層大廈裡的其中一間。那時加奈正緊盯著電腦螢幕，一陣天搖地晃便襲來。

廁所的排水一下子就被堵住的古老住商混住大樓牆壁，到處發出嘎吱嘎吱的聲響。

她嚇死了。

「要是地震來了這裡肯定會先倒呢。」當時她還以為是過去曾經開過的玩笑，報應終於來了。

也不知道是地板在搖還是自己頭暈，這種討厭的感覺不停持續著。她覺得腳底傳來的搖晃很可怕，便坐到椅子上把腳伸起來，沒想到這次卻換椅子差點一起移動，於是她又立刻把腳放下來。

這是她出生以來，從未體會過的強烈搖晃。

「看來我們離震源很近呢。」

加奈還記得，當時稅務師一邊撐著二十二英寸的液晶電視不讓它倒下，一邊這麼說道。

當加奈沿著牆壁走到窗邊時，外頭的水泥電線杆正彎來彎去的，長長的電線也像跳繩一樣搖晃著。眼前的滾滾河流，就和被人搖過的金魚缸一般，以一定的頻率左搖右擺，眼看就要越過護岸了。

這是她從未見過的景象。

「遙控器在哪裡啊？」

事務所的電視幾乎很少打開，稅務師也沒等加奈回覆，便在搖晃中開始尋找桌面附近。

電話都打不出去，當然手機也是。

隨後加奈便和稅務師一起來到電梯大廳，果然電梯也停止運轉了。

假如整個城市的電梯都停止了，那之後該怎麼讓它們運作呢？加奈知道地震會讓電梯停，但她從來沒有想過如何讓電梯動。

看來一定有某個地方發生大事了。

沒有停電。

「有水嗎？」

「有。」

「不過也有可能只是水塔的水。」

稅務師很冷靜。

好不容易等到搖晃結束，身體卻還是搖搖晃晃的。

「我下去看一下。」

加奈說完便從四樓走樓梯下去，腳步聲感覺比平常還要大。

她來到大馬路上後，四周的大廈裡湧出許多人。還有人明明身上穿的是西裝，腳下卻踩著拖鞋。放眼望去，只有站著的人很多，沒看見哪裡有建物倒塌。加奈的事務所所在的「新宿ＳＳ大樓」，儘管外觀看起來黯淡老舊，但也沒有出現傾斜或是牆壁剝落的情形。

這樣算是可以放心了嗎？

眼前的景象，只要把所有站在各自大樓前的人群通通消去，就跟平常的街景沒什麼兩樣。

心裡沒有那種該做什麼，或是得做什麼的感覺。腦袋的某處的的確確在思考著，應該是發生了什麼大事。眼前的風景依舊，就算搖晃已經停止，加奈也沒心回去工作。那些站在外頭的人，想必也是跟她有著同樣的心情吧。

有形體的東西沒有任何一絲變化。但是加奈認為，自己的內心某處，也跟著在那天一起壞了。儘管自己是待在東京都這麼覺得了。

一定在哪裡發生了什麼重大事件，她的內心深處是這麼確信不已。

加奈轉過身。

她瞥了一眼停止運轉的電梯後，便轉頭奔向階梯。越靠近上面的樓層，加奈急促的呼吸聲也就越明顯。

當她來到屋頂上，感受到臉部受到風的吹拂時，人早已上氣不接下氣，必須彎腰屈膝，好好地調整一下呼吸。

等到她終於能抬頭仰望天空，就見一大群烏鴉往遠方飛去。就連這麼大的鳥類，也會像那樣成群結隊嗎？

從屋頂上看過去，就和平時的景色一樣。

只有風在吹拂，沒有任何不同。

背心口袋裡的手機在震動。

太好了，電話的線路通了。

「喂？妳還好嗎？」

是加奈的母親打來的，她現在一個人在橫須賀生活。

「我沒事，只有公司書架上的書掉下來而已。電梯雖然停了，不過建築物本身沒有什麼問題，妳那裡呢？」

「真的是嚇死人了。這麼大的搖晃是頭一遭吧。電燈都在搖，還以為要掉下來了。我後來有趕去佛壇看一下，畢竟要是有點蠟燭不就糟了嗎？雖然我記得我是沒有點蠟燭啦，但還是想說以防萬一。」

媽媽的危機意識意外地挺高的，加奈想道。在爸爸去世的時候也是，她原以為媽媽會陷入混亂，結果她卻將喪禮一手承攬下來，辦得風風光光的。「我可是在炸彈中倖存下來的哦。」媽媽動不動就愛把這句話掛在嘴邊，但其實她也只是在學祖母講話，因為加奈的母親是在戰後才出生的。

「我這裡也沒什麼災情，頂多只有衣櫥的門打開了而已。」

「這樣啊，還好媽媽妳有打來，至少確認彼此平安。」

「先前電話好像都在忙線中，一直打不通呢。不過也是，大家一定都很擔心自己的家人。」

「或許還會有餘震，媽媽妳也要小心。」

「東北那裡可不得了，聽說是震度七級，但是新聞完全都沒有報。」

「東北？震源在東北嗎？」

加奈下意識地回問。這麼遠的地震都搖成這樣了，她實在是無法想像離震源很近的地方，到底搖得有多大。

如果新聞一直都還沒有報，那就代表災情很嚴重吧。

「那我也先掛了哦，不然會**占線**。」

掛斷電話後，加奈便做了一個深呼吸，她想要來祈禱一下。

該祈禱什麼才好呢？她沒有任何想法。畢竟她也只是想要做個**什麼**祈禱，所以也只有想到祈禱。

回到事務所之後，加奈便看見稅務師手握著遙控器緊盯著電視。

「發生不得了的事了。」

聽稅務師這麼一說，加奈也趕緊看向電視，而畫面也讓她倒抽了一口氣。

傾斜的漁船正在住家間緩緩移動。

為什麼會有人在海裡蓋房子？

加奈才剛想道，下一秒便理解，是海連同船一起湧進了住宅的區域。

海嘯。這就是海嘯嗎？她根本沒看見哪裡有海浪，完全就像整個海直接湧上了陸地一樣。

枝繁葉茂的巨大樹木也漂流在其間。

拖著電線的電線杆也撞上木造的房屋，揭下了整片牆後隨著海水沖走，還有連整個家都被沖掉的。

畫面右上角的文字寫著——LIVE。

這既不是電影也不是錄影，到底是怎麼回事。該不會是某個地方正在發生的事情，就這麼直接被播出來了？就是這個畫面？

車子在農路上排了一列，鏡頭往水平移動，那光景也消失在畫面的右邊。

從左側映入眼簾的是方格狀的田埂，也被海水一一吞噬。

過沒多久，從左至右，畫面全都被海水淹沒。

加奈的腦中浮現了消失在畫面右側的整排汽車被海嘯吞沒的那一幕，現在什麼都看不到了。

那些汽車沒有任何對策，只能任由海水將自己沖出車道，緩緩地轉啊轉的，隨著水流被沖走。

此時此刻，發生在畫面之外的事情，栩栩如生地在加奈的腦海中集結成像。

一陣毛骨悚然的恐怖襲向加奈。

現在，自己正目擊人類死亡的瞬間。

而且這還不是一個人，而是有好多個生命都被海嘯吞蝕了。那些人現在就在這個瞬間，不知道哪裡是頭，哪裡是腳地在水中掙扎。

一陣頭痛與噁心的感覺突然襲上來。加奈似乎忘了呼吸，她得趕緊做個深呼吸才行。

「我在仙台市內工作，所以沒事。」

聽到加奈表示東京搖成那樣還是頭一回，茜便也跟著講起海水退去的閑上，後來怎麼樣了。

「所有東西都沒了，就只剩一片平地。

整個家都不見了，就連柏油路也都被土給掩埋，哪裡是馬路、哪裡是家裡原本的地方，我通通都不曉得。

不管是火災還是地震，至少還會留有地基或是什麼的吧？

這裡是玄關，還有放傘的地方，這裡是掛外套之類的。或是這裡有鞋櫃什麼的。然後這裡是廚房、客廳這一帶有放桌子。接著這邊有洗衣機，如果不把排水用的水管繞道就無法插進排水孔等等。

然而，我連家裡的地基界線到哪都不知道。沒有任何一個關鍵點能讓我想起來，過去跟家人一同生活過的痕跡簡直一點不剩……

我整個人就像站在荒野之中。甚至讓人不禁懷疑，這裡真的是我跟家人曾經待過的地方嗎？

這裡只有一片地。就連路上會經過的建築物、電線杆、紅綠燈、交通標誌都沒有。防風林也不見了，原本看不見的海面遠遠就可瞧見。

後來我打開了地圖ＡＰＰ，想要確認位置。

也不知道是不是收訊不好，我發現我站的區域只出現一個ＧＰＳ的藍點，畫面仍是一片空白。

就連地圖裡也是空白一片。

這時我的眼淚就湧出來了。

有好一陣子，我就一直站在那裡，盯著手機的螢幕畫面。

終於，熟悉的地圖出現了。

我便靠著地圖，走到了曾經是自己家裡的地方。

不管是面向太陽還是背對太陽，放眼望去，我所看見的地方什麼東西也沒有。

不過手機裡確實有街道，我家也在，就連隔壁也是，小學也都好好地在那裡。

後來我試著把地圖換成衛星照片，將畫面放大後，看見了我那紅磚瓦的家。

可是，我的眼前卻是一片遼闊的平原。

就像做了一場惡夢一樣。

好像不是現實，一點也不讓人覺得這是現實。」

茜停止了說話，眼神也游移，失去了冷靜。

不知不覺，加奈眼前已送上了她的紅燒金目鯛，茜的眼前也擺放著醬汁燒肉套餐。

加奈發現找不到話可以接，只好用筷子攪著手裡捧的味噌湯茶碗。

「根本沒有動力做任何事呢。」

茜轉向加奈。

「要是整個家還留有殘骸的話，一般會想要好好整理一番對吧？像是把泥土從家裡清出去，或是即便知道已經不能用了，卻還是將榻榻米拆下拿到外頭，給太陽晒乾之類的。如果是被埋在土裡的餐具，只要洗一下就能變回原本乾淨的模樣，這不是滿激勵人的嗎？像這樣能讓自己樂觀、對自己打氣的方法，根本就找不著，什麼都沒有了。

我找不到必須好好振作起來的動機。」

說到了這裡，茜便拿起筷子夾起她的醬汁燒肉。

加奈看著茜咀嚼的側臉、下巴的輪廓，她突然覺得茜很堅強。

「小碟子裡的蘿蔔很好吃呢。」

加奈露出了爽朗的笑容。

「那是京都風味。」

吧檯裡的姊姊開口道。

「薑汁燒肉也是。」

「那是市彩風味的，飯還可以續哦。」

「哇，謝謝。」

吧檯對面的姊姊開始洗起餐具。

茜的薑汁燒肉剛好剩下一半，但最初的白飯已經吃完了，她便接著吃起她第二碗白飯。

加奈很高興能看見茜放鬆的樣子。

「市彩」是一間待起來很舒服、「沒有任何特別之處的普通小店」。也正因為如此，對於那些在歌舞伎町裡工作的人來說，是個不可取代的地方。

酒店裡的小姐也會來，還有柏青哥店或電子遊樂場的店員。自稱是某經紀人的男人、上班前的男公關、穿著百威標誌迷你裙，在休息時間用大衣蓋住自己服裝來的酒促小姐、湖南飲食店的老闆、擁有好幾間酒吧的人、接送外送茶小姐的司機、在賓館從事室內清潔的人、劇團表演者、燈光人員、身穿條紋外套，在用餐完畢前多次拿著電話進出店內的職業不詳男、要坐末班車回去的人、坐末班車來上班的人、化妝技術很差且擺脫不了土味，頭髮是咖啡色的女人以及辭去ＯＬ工作，在酒吧裡擔任調酒師的加奈。

這些在夜晚工作的人，會在上班前、休息中或下班後，各自為了填飽肚子而來。

他們在掀開「市彩」的門簾時，表情就會變得柔和許多，等到打開拉門走回街上，又會換上戰鬥的神情。

「歌舞伎町跟閑上完全相反。」

當加奈向茜詢問為何來歌舞伎町時，茜一開始是這麼回答的。

「仙台也有一個叫做國分町的地方，跟歌舞伎町很像，但是如果去了那裡，就有可能會遇到認識的人。如果去那裡玩，就會被說『家人都那麼辛苦了，竟然還在外遊蕩』。要是在餐飲店工作，又會被說『很可憐』。

我沒有被講過，我只是聽到有認識的人被這麼說。

新宿這裡不是很大、人也很多嗎？

剛好我也厭倦了那片荒蕪的土地，所以反過來倒想看看人多到不行的地方。

來喝酒的人、來玩樂的人、來工作的人，這裡有非常多來自四面八方的人，而大家都一致認為，這裡就是『這樣的地方』。

那種在公司一臉嚴肅的人，如果來到歌舞伎町的情色酒吧，就算摸那些女孩的奶，也不會被說是性騷擾。

這街區的規則有別於外頭，是以金錢為媒介在運作的。

人們可以在這裡維持原始的自己，同時也可以在這裡變成不同的自己。

我只是想要被人群包圍所以才來的。

地震和海嘯害得我去海邊或是山裡，心靈也無法被治癒，因為我已經體會到大自然的恐怖。

用購票機買票，再乘坐山手線然後在新宿站下車，也不和任何人對話，自己一人吃著牛肉蓋飯，從二樓或是三樓的喫茶店窗邊座位，眺望著滿滿的人潮，接著日落之後，等待著五花八門的燈光點起。就算他們都是不會交談的陌生人，但是有這麼多人在這裡，就能讓我感受到自己被療癒。

一開始是需要勇氣的，不過獨自一人嘗試前往酒吧以後，連我自己都感到訝異，因為我竟然會覺得如此舒適。

想要一人好好待著的時候，大家也不會理你。若是想找人說話，吧檯的人也會願意和你聊天。

唉～大城市真好，大家都很友善呢。」

加奈身為一位調酒師，聽見茜這麼說她很開心，因為茜認同了酒吧存在的價值。

「我不希望大家認為我失去家、失去工作、失去回憶的東西就想來安慰我。畢竟收到安慰就必須向對方道謝，或是回說自己會努力什麼的，真的很煩人，讓人一點也不開心。

要是有人問我『最近怎樣』、『有沒有打起精神一點了』，我就必須回答些什麼，這讓我很痛苦，因為我自己也不知道啊。身體也沒有哪裡不舒服，心理也沒有造成精神上的什麼疾病。可是，我就是沒有任何幹勁。

而且就算我沒有恢復精神，日子還是只能一天一天地過下去啊。

如果要我認真老實回答，我也做不到，只好隨便說個對方可能會接受的謊言。畢竟對方都特意擔心自己了，如果不這麼回不是很過意不去，也會很失禮不是嗎？

所以我才會跟他們說，『我沒事』、『我會努力的』。」

此刻的茜臉上，已沒有任何表情。

彷彿不扼殺掉自己的感情，她就說不出口了。

「其實我根本就沒有力氣再努力，我只是在騙人。然而，嘴裡還是說著『我會努力』。

我厭倦了這樣的自己，於是就逃跑了。」

「我可能也會不小心說出『請加油』這句話。」

「對吧？一般來說都會說吧。就連我也是啊，如果立場相反，我一定也會這麼說。這不是誰的錯，大家也只是出自善意，而且這份心意也確實令人感激。只不過，這也同時讓人痛苦。我也是因為這樣才理解到，我必須要逃離那裡。」

「歌舞伎町這裡讓妳很放鬆嗎？」

「至少不會有人來煩我。」

茜一邊點頭一邊說道，彷彿在確認自己的選擇沒錯一般。

此時，拉門被人拉開，進來的人是被大家稱作雅人先生的男子。

兩人的對話便到此結束。

雅人先生原本是名退役男公關，現在在歌舞伎町，經營許多間牛郎俱樂部和酒吧。他的腦袋很聰明，不過本質偏向松岡修造（註24）那種友善過頭的類型，看起來最會說出「請加油」這種話。而且只要是他認為還不錯的女人，馬上就會約出去吃飯。

「只要去面試，就一定會被問及為何要來東京不是嗎？每當我說出我是海嘯受害者，他們就一定會回我『真是難為妳了』。」

加奈有聽茜說過，她也差不多該找份工作了。茜表示自己完全沒有幹勁地度過了一個多月，最後終於找到了工作，原以為她在這裡也會從事廣告相關工作，沒想到卻是酒店小姐，這讓她頗為意外。

畢竟她身上沒有那種故弄姿態吸引男人的地方，真要說的話，茜比較偏知性一

註24　松岡修造：日本男子網球員，史上八位打進大滿貫賽事八強的亞洲選手之一。無限熱血是他獨樹一幟的風格。

點。而且兩人除去敬語談話後，也發現到她男孩子氣的一面。

不過她在「市彩」的男客人間很有人氣，有的人會打開拉門，一知道茜不在就不進來了。還有的是死纏爛打到被姊姊告誡「以後禁止你進入」，或是茜在場就不會說低級笑話的人，不過也是有非常愛講黃色笑話不停捉弄她的人。總而言之，茜在或不在，都會影響那些男人的態度，而且還是非常明顯。

她擁有吸引男人的魅力。而且對於那些靠近自己的男人，她也似乎懂得如何保持一定的距離，不讓他們過於深入。

「不小心生成美女的——我，要是不好好學習掌控男人的方法，那可就活不下去了。」雖然這句話是一個搞笑藝人「史蒂芬妮」（這是她的藝名，本人是秋田出生的純日本人）的短劇經典臺詞，她本身也是這間店的其中一名常客。但加奈也認為這說法是真的。面對一群湊上來的男人便開心得不得了的女人，儘管覺得自己操控了這些男人，但最後也只是依附在這些男人身上罷了。

「特種行業不會管我的出身或是工作的理由，所以不用講真話也沒關係。」

根據茜本人表示，這就是她選擇當酒店小姐的原因。

「假如說，我今天是『市彩』的姊姊，因為過去身世的某些原因，而做出了類似欺騙客人的行為，那我一定會感到愧疚對吧？可是如果我是從事特種行業，或是在聲色場所上班，那我就可以隱藏自己真正的身世，以虛構的自己面對客人。」

歌舞伎町裡的工作，有一些是一般世俗認為不太好的工作。而這些一般世俗認為不太好的地方，也還是會有客人前來光顧。在這街區裡，存在著不用告訴客人，也不用告訴同事自己的真實過往，仍是能夠存活下去的地方。擁有神一般的包容力與胸懷，就是這街區的溫柔。

而這種將性愛或戀愛當作釣餌，擺在客人面前吸引他們前來的工作，只需以花名來經營，因此也可以事先把「真正的自己」，收在別的地方。

「妳知道『Come on Baby』嗎？」

茜說出了一間男扮女裝的表演酒吧名。

「我知道！我去過很多次，我還滿喜歡的。」

「那群人不是會在傍晚的時候，在 Cine City 廣場那一帶打掃嗎？」

「是啊，有時候也會發些宣傳單。」

在歌舞伎町的中心，新宿東寶大廈前的廣場處，那些穿著女裝的男人們，會穿著寫有店名的圍裙，每天在那邊打掃。

「我就是拿到了那個傳單，然後看到它下面有寫徵人啟事。

【只要有幹勁的人，誰都可以來。就算沒有經驗只要你有覺悟，我們也會僱用

你！】

上面就是這麼寫著，不覺得很棒嗎？」

加奈反而覺得，認為那樣很棒的茜也很棒。

「那間店是在宣揚對社會的貢獻吧？他們每天都會打掃街區，就連負責人也是飲食振興會的幹事。舞臺上有燈光打上去倒是還好，不過如果在太陽下山前的街上看見他們，那妝真的是慘不忍睹。」

「很像文化祭上，男學生惡搞穿上女裝的樣子。」

茜在說這句話時，就像一名眼神流露出母愛的女子，溫柔地在一旁注視著稚氣未脫的男孩那樣。

「我們學校的文化祭，也有男宿學生跑來找我們借裙子。」

「那妳有借給他們嗎？」

「只有裙子而已，畢竟鞋子大小不同我也沒辦法借。原本對方還說要跟我借內衣，我就給他一拳揍回去了。」

「啊哈哈。『Come on Baby』的人是真的很認真，每天都在工作上舉辦文化祭呢。」

茜噗哧笑道。

「工作上的文化祭啊。」

「要是能夠捨棄害羞這部分，感覺那類工作好像也可以嘗試一下。」

「妳有看過嗎？」

「我昨天才去看過。」

「哇——妳去了呀。」

「那裡真的很有趣呢。雖然看起來有點蠢，不過有時他們也會很認真地跳舞跟唱歌，其實還滿厲害的，完全超過了文化祭的程度。」

「那間店真的很有趣吧。」

「我今天傍晚又去了一次。」

「咦？傍晚？它不是晚上八點才開店嗎？」

「我是去應徵的。我和他們說：『希望你們能僱用我，還是說女孩子不行呢？』這樣。」

「什麼!?」

這女的還真厲害。

「我告訴他們，我大學時曾待過劇團，也會一點唱歌跟跳舞，而且我聲音也偏低，可以讓別人無法察覺我是女的。」

「原來是這樣啊，我以前也演過戲。」

「真的嗎？」

「是啊，所以那間劇場的大小，會讓人不自覺地懷念起來呢。」

「真的，其實我也是有一點想登上舞臺……但是他們說女的沒辦法，因為後臺休息室只有一間。」

「那是當然，怎麼可能會有兩間呢。就算真的有也不行吧？要是讓真的女人上場，可就違背了他們表演秀的宗旨了。」

「就連我說之前我在劇團時，也是和大家共用後臺休息室換衣服，他們也還是不願意，所以我就在最後跟他們說……」

這理由確實很難讓人答應。

「我也是閑上的人！」結果對方一聽便回我：「如果是這樣的話，我願聞其詳。」結果他們就真的認真聽我說了。

「咦？那裡也跟閑上有關聯嗎？」

「表演秀的最後不是都會介紹工作人員嗎？而在那之中，有一個人就是閑上出生，還有另一個人是來自南相馬市的呢。」

「這根本是奇蹟了。」

「對吧？」

「南相馬是在福島沒錯吧？」

「沒錯，它就在核電廠旁，有一部分還被列為需要避難的區域。表演結束後，那兩人剛好就來到我那一桌。聽他們兩人說，他們都是東日本大地震的受災戶，也因為地震失去了工作跟住所。可是他們並不想乖乖待在組合屋裡收人救濟金過活，所以才決定來東京。」

「就跟妳一樣呢。」

「大致上是一樣。據他們所說，畢竟整個城鎮都被海水沖掉了，就算幾年後回到同一個地方也沒什麼意義，所以他們都沒有打算要回去。與其等待誰來幫自己做些什麼，倒不如趕緊展開新的人生才是。」

「可是等到興建完，再回去原本的城鎮，不就可以在新家過著和以前一樣的生活了嗎？」

「是沒錯。可是真的面對以後，其實也很難吧。要是搬到某處住個幾年，那麼在那裡的生活就會漸漸變成自己的日常。小孩會去學校上學，大人會進入新的職場，大家有新的朋友、新的鄰居，就像得到了整組新的人際關係那樣。即便真的拋下一切回到故鄉，那曾經的老家也只剩一樣的緯度與經度，早已是完全不同的城市。」

是啊。城鎮就是要有人住，才能稱之為城鎮。

「他們可是在桌邊一邊幫我做水割（註25），一邊跟我說的呢。而且還是用很輕鬆的語氣。」

「好難過的故事。」

「兩人就穿著女裝，輕聲細語地跟我聊著這些嚴肅的話題。」

「我是什麼都沒想就逃到了這裡，不過遇到他們之後，就發現原來也是有人經過深思熟慮的。而事實也如他們所說，所以我也就莫名其妙地想通了，覺得也該是時候重新展開自己的人生了。」

「所以妳是在人妖酒吧裡，得到了激勵嗎？」

「可以這麼說呢。」

「他們是在表演秀的最後，介紹自己是東北大地震的受害者吧？那他們這樣不會覺得難受嗎？」

註25　水割：為一種混合酒和水的喝法。在酒裡加入冰塊及水，除了能讓酒溫度下降，還能釋放酒的本身香氣。大多用在威士忌和燒酒類的蒸餾酒上。

「嗯——我也不知道呢。畢竟就連在桌邊跟我聊天時，他們也是一直拿自己開玩笑。」

「真堅強。」

「很堅強呢。」

茜說著便將手機拿出來操作了一會。

「妳看這個。」

她把畫面遞給加奈看。

「在那之後，我就莫名得到了一些幹勁，回到家便立刻搜尋『Come on Baby』的網站——就是這個，上頭寫著『積極僱用地震受災戶』。」

【積極僱用地震受災戶！

逃到東京的各位男子漢，要不要豁出去地來「Come on Baby」工作呀？

歡迎無經驗者。

不問經驗。

異性戀者也可以。

這裡會教您唱歌和舞蹈（包括化妝）。

請各位安心！
這裡也有事務跟後臺的工作。
我們也有提供住宿給有意願的朋友（公寓大廈其中一間房間）。
歌舞伎町是一個，只要您有覺悟嘗試任何挑戰，並且努力去實踐，一定就會有機會的溫柔街區。】

加奈一開始看時覺得很可笑，便笑了出來。

之後她又讀了好多次，在深深地體會一番後，差點泛淚。不過隨即一陣喜悅也跟著湧上心頭。

說著「妳看這個」的茜，也在一旁屏息以待地觀察加奈的反應。等到她最後看見加奈露出笑容後，才鬆了一口氣般，緩緩地做了一個深呼吸，接著吐氣。

看見茜如此反應，這次換加奈鬆了口氣。

「就是因為這樣，我才會跑到『Come on Baby』，希望他們能僱用我。雖然他們明明是寫『各位男子漢』。」

茜說完之後，又一臉開心地點點頭。

「因為我覺得，要是能在那間店裡工作，好像就可以從打擊中振作起來了。」

「當妳有這種想法時，不就代表妳已經在慢慢恢復了嗎？」

「我也這麼覺得。」

然而現實可沒有那麼簡單。

加奈自己心裡也很清楚，可是她還是想說一些話來鼓勵她，最好是能自然地說進茜心坎裡的那類話語。

據說在那之後，「Baby」的「媽媽桑」又再一次向茜確認，她是否願意接受特種行業的工作。在得到肯定的回覆後，他才將茜介紹給同一個工會裡的幹部，讓她去那個人所經營的「繆思俱樂部」裡工作。

「成為一個假的人妖去工作」——茜用這種可以說是欠缺考慮的挑戰精神，開創了自己人生新的大門。

她原本就已經是個美人了，腦袋也很聰明。

再加上人妖這點也無法辭退她，既然都有了這樣的覺悟，那麼儘管是踏入這充滿魑魅魍魎的街區，想必也能夠活得下去吧。

＊＊＊

「小茜今天還是沒來嗎？」

格子拉門被人拉開一半，探出頭的人是佐藤先生。

自從大地震後，茜來到這間店成為常客也超過了七年。原本只是一位見習調酒師的加奈，現在也已經是一個班表的組長了。

在一開始的前半年，茜都是靠著自己的老本積蓄在過活。據本人所說，儘管她平時表現開朗，但地震的打擊還是讓她無法樂觀面對生活。一直到她在「繆思俱樂部」當陪酒小姐之後，才開始真正地融入這個街區。看來找到自己的歸宿是一件很重要的事。

然而茜在三個月前表示，自己有事要回閖上一趟，之後就再也沒有來過店裡了。

茜每天都還在的時候，原本還耍帥假裝不在意茜的那些男人們，也開始漸漸表露出自己是茜的粉絲。佐藤先生就是其中一人。

「你也別總是來看看而已，偶爾也來吃個飯啊。我們店又不是偷窺房，是賣吃的地方耶。好啦好啦，你這麼大隻，門不拉開一點怎麼進來啊。」

佐藤先生被姊姊不由分說的氣勢壓倒，只好坐到座位上，點了一份鯖魚味噌套餐。

「飯要大碗的。」

「我知道。」

佐藤先生是體重破百的巨漢男公關。市場上的男公關大多是身形纖細，長相俊美的類型，但他完全是在規範之外。不過據本人所說，像他「這樣的存在」似乎也是必要的，而且他好像也拿過人氣第一的位置，只是之後他便以「第二名不行嗎」為口號，大多保持在第四或第五的位置。

「假如她只是回去鄉下那就算了。」

「要是那樣我也會很高興。可是如果真是如此，那她就不該一人默默離開，至少跟我們打聲招呼再走嘛。」

「不知道她有沒有去『繆思俱樂部』。」

「也是，一開始要找，應該也會先去那吧。」

「佐藤先生你去調查一下啊。」

「那裡可是高級店家耶。」

「你不是男公關嗎？畢竟你的店也讓人花了很多錢，這點錢你應該有吧？身為茜的粉絲後援會會長，這一點小事你就幫個忙嘛。」

「幹麼擅自把我冠上會長名啦。」

儘管他嘴裡這麼說，表情倒是挺樂在其中。

「事不宜遲啊！」

「說得也是。她默默就這樣消失不來，而且竟然也沒人知道她的消息，這不太尋常吧？」

吃完鯖魚味噌套餐的佐藤先生便離開店內，那一天就這麼結束了。

四天後，當佐藤先生打電話過來時，「市彩」的吧檯座位已滿。

「如果是新客是進不去『繆思』的，而且一進到店裡就去問人家小姐的事，肯定會讓人起疑吧？我剛好想起來，我們店裡有一位只來過一次的客人，她說她是在『繆思』工作的。我便透過當時招待她的男公關，找了一下對方，請他幫我問問。結果我說出了小茜的名字，對方卻表示沒有這個人。我不相信她的說詞，就表示小茜是透過『Come on Baby』的老闆介紹才進去的，是一名來自東北的女孩。這時她才說，如果是這號人物，那就是由里亞了。」

說得也是，畢竟在那裡都是用花名工作。加奈心想。

「所以結論是？」

「對方說，她在三個月前就請假沒去『繆思』上班了。」

「既然她是請假，就表示沒有辭職吧？」

「姑且是那樣沒錯啦，但是在這個世界就不好說了。畢竟有些人會這樣一去不返的也很正常。或是店家為了留住客人，故意不講小姐辭職，而是改說休息的地方也大有人在。」

「原來如此。不過至少有得到一點消息也算好事，非常謝謝你的幫忙。」

茜沒有來「市彩」的同時，也沒有去「繆思俱樂部」上班。雖然不清楚她是休息還是辭職，但是從她說要回去一趟後，就再也沒有回來這點看來，很有可能是真的暫時回去鬨上了。

畢竟她在「市彩」也是用本名跟大家交流，所以加奈心裡某部分也想相信，她沒有對他們說謊。

只是想到這裡，所有人的心情便開始轉向——為什麼她要一聲不響地就消失了呢？

來「市彩」這件事，本身並不是工作也不是義務。就算有好一陣子不見，也是時常會有的事。如果是兩個星期的程度，大家大概都不會在意。就算是一個月，彼此也會告訴自己不用想太多，因為「偶爾會有這樣的情況」。直到兩個月過去，大家就會開始擔心，那個人是不是遇上了什麼困境？

大家在「市彩」的吧檯上，談論茜的時間也變多了。

我搭乘首班車回去的時候，在山手線的月臺上看見像茜的人。聽說「熟女酒吧」這個地方的第一紅牌，似乎就叫茜。前陣子報紙上寫道，住商混合大樓的頂樓水塔內，發現了一具無名屍體，那該不會是……新宿中央公園的流浪漢聚集地好像有一對夫妻在那，那搞不好是……等等。

當大家想蒐集情報時，大概都會得到這類玩笑話。或者應該說，是某人抱持著好玩的心情開始胡謅，讓話題到此結束。

其實大家也是為了避免結論會導向不好的結局，才會用這樣的虛構內容來轉移話題。不知不覺，三個月就這樣過去了。

人們也漸漸不再談論關於茜的消息。不過他們依舊會問起：「小茜最近有來嗎？」而且是不分男女都會這樣問姊姊。

而佐藤先生去「繆思」調查茜有沒有上班一事，也傳到了其他常客那裡，所以從昨天開始，就連好一陣子都沒來光顧的客人，也都接二連三地來到店裡，包括現在加奈在和佐藤先生講電話，所有人也是豎起耳朵在聽。

「或許是真的回去閉上了吧。雖然我沒有去過，不過那裡應該也復興得差不多了？總不能永遠以受災戶或是受災地自居吧。」

守利先生難得開了口。

「果然是那樣嗎？」

這麼一想雖然會有點孤單，不過要是茜能回到自己成長的家鄉，應該也算是一件好事吧。

「就算真是如此，還是會想親眼確認看看呢。」

姊姊這麼說道。

「可是我們跟她完全沒有任何交集啊。」

「我在想或許……」

「妳有什麼想法嗎？」

「茜有跟『Come on Baby』的人說過，自己是從受災地來的對吧？」

「對耶，搞不好他們會知道些什麼。只是前提是，那兩個人還在那間店裡。」

雖然無法期待，但這也是他們唯一想到的辦法。救命稻草總是要試著抓抓看嘛。

大家的臉上都泛起了希望。

「今天是星期五，有深夜舞臺表演。」

正確來說，現在的時間應該是星期六的凌晨十二點多快一點。加奈用網路查了一下，發現今天有個週末限定的第三場秀，是從午夜一點半開始。沒想到末班車過後竟然還會有現場表演，這也讓加奈再次體會到，歌舞伎町真的是一個很厲害的地方。

「他們現在還在積極僱用地震受災戶。」

某人盯著手機畫面出聲說道。

這樣的話，很有可能也會有其他新人來呢。不管怎樣都好，只要能找到一些關聯。加奈想道。

儘管大夥決定要一起去「Come on Baby」的表演看看，無奈凌晨一點是大家上班前或是中間休息的時間。結果真正能去的，就只剩提早結束工作的加奈一人。

「那就麻煩妳了！特命全權大使！」

加奈被莫名其妙的話語送出門外後，便轉往「Come on Baby」前進。

有一陣子沒看的表演，比起先前來時進步了不少。

眼前這些跳著舞的成員裡，可能有人與茜同為受災戶並且也見過她。儘管加奈心裡這麼想，但她也不可能光靠歌曲或舞蹈就能區別出他們。

就在她忘卻時間，盡情地享受舞臺演出時，表演也來到了尾聲，開始由團長介紹參與演出的人員。

明美、扭蛋女、卡門貝爾、朱利安、昆塔金德……從團長口中，一個個介紹出來的名字，毫無邏輯又亂七八糟。

有表演者把手放在他那又大又紅的嘴脣上，擺出誇張的姿勢做出飛吻動作，也有人用他那長長的假睫毛，頻頻向群眾眨眼。或是像初登維也納社交界的名流般，優雅地曲著膝，接著輕輕歪頭微笑，不過後方隨即有人出來掀起他的裙子，還用吐槽紙扇打了他的頭。

每當團長介紹完團員，他們都會在最後展現一下自己，逗大家發笑。

當然這些人都是男的。

要是在有陽光的地方看，肯定很可怕。

但是在這裡卻是耀眼的。

他們的表演充滿著自信。

臉上流露著愉悅笑臉。

他們在這裡工作，有可能是瞞著父母或是親戚。也或許眼前這一幕，是絕不能給離婚後，跟著媽媽的兒子女兒看見。也有的人可能是想要成為演員，本身曾是劇團研究生之類的。搞不好某人結束工作回到家後，便是一名普通的溫柔爸爸。要是愛上了店內同事，對方可能會表示無法接受和男人戀愛，最後落得不停受傷的下場。

如果平常遇到這些人，他們會打扮成什麼樣子呢？

花車特賣的Polo衫配上休閒褲、UNIQLO的牛仔褲、香蕉共和國的外套、青山的西裝褲、Comme des Garcons的黑襯衫、印有切・格瓦拉臉的陳舊T恤。

他們會不會就像一般常見路人那樣，自然而然地就融入了街區？

然後直至傍晚時分，才開始他們的工作。

這群人會在店內換上衣服，從中央大道掃到Cine City廣場，沿途用著「女性用語」向路人分發傳單。

那回到店裡之後，他們又在做些什麼呢？

是不是會先在舞臺上排練新的梗，等到練習結束之後，各自在空無一人的觀眾席上，有的人練歌、有的人背段子的臺詞？還是帶著聲音特別大聲的工業用吸塵器清掃整個樓層，或是將送達的生啤酒酒桶接上注酒器。不然就是帶著A字梯去把天花板壞掉的燈泡換掉？一群人就這樣在狹窄的後臺休息室，漫無邊際地一邊閒聊，一邊輪流化妝。

沒錯！那些劇團團員，不管是演員還是工作人員，只要進了劇場，什麼都得做。

然後到了晚上九點，表演準時開始。

直到最後一幕結束，團員們擦去揮灑的汗水，待重新化好妝後，再走至客人桌邊入座。

他們會在一旁製作水割給客人，要是遇上客人勸酒，便會偷偷地將自己那杯調得淡一些。

隨後再跟大家一起拍照，聊聊客人們想知道，不知道是真是假的自身故事。

連個喘息的時間都沒有，就這樣匆忙地度過夜晚。

「歡迎無經驗者。」

「不問經驗。」

「異性戀者也可以。」

「這裡會教您唱歌和舞蹈（包括化妝）。」

「歌舞伎町是一個，只要您有覺悟嘗試任何挑戰，並且努力去實踐，一定就會有機會的溫柔街區。」

這些人從這幾句話之中，為了尋求機會而選擇了男扮女裝的工作。迪斯可球燈開始轉起。

「接著最後是『Come on Baby』第八年，現在已經完全融入這裡，由海嘯所誕生的表演者、也是今日的C位（註26）、閑上由里——」

加奈全身起了雞皮疙瘩。

剛才他說了由里的名字？他確實說了由里對吧？對吧？

她實在萬萬沒有想到。

怎麼辦？她必須跟那個人說上話。

加奈穿越客人桌，走到了最前列。

接著她將錢包裡拿出來的一萬日圓高高舉起，揮動示意。

註26　C位：即Carry或Center，核心位置的意思。後來在影視圈，此位也意指重要度較高的人。

由里也發現了加奈，便朝她走近。
他將膝蓋貼著地板，呈現向前彎的姿勢。
加奈見狀便將手中折成一半的一萬日圓紙鈔，塞入他那領口大敞、露出裡頭的深紅色內衣隙縫中。
就在這個時候。
有人從後方叫了加奈的名字。
當她一回頭，就瞧見茜站在那裡。
茜的身旁還有一名男子，而那名男子也跟著走近了舞臺。
「山田，你是山田吧？是我啊！名取西高的及川、我是及川弘樹啊！」
「哦哦！」
閑上由里聞言也跟著一起吼道，同時走下了舞臺。然後兩人就在加奈眼前，相擁在一塊。
「去年，我媽終於辦理了我爸的死亡登記。」
許久沒有回來「市彩」的茜，此刻正坐在吧檯上，吐出沉重的字句。
「妳保重……令尊是生病離世的嗎？」

「不是，我們在海嘯之後就失去了他的下落。」

「……」

以前茜在談及大地震的事情時，從未提起過她的家人。

「一般來說，只要失蹤超過七年，家屬就可以向法院申請死亡宣告，等於確定那個人已經死亡的意思。也就是說，保險金會下來，我們也要準備辦理繼承遺產的相關手續。」

「竟然要花上七年啊。」

「不，其實政府針對地震的受災戶，有設立特別專案，只要在當年的六月就可以申請死亡證明。」

地震是在三月十一日，所以是在三個月後。

「何時接受家人的死亡由自己決定，其實很痛苦的。」

茜的表情突然扭曲起來。加奈至今為止從未看見她哭過。

「只要提出申請，保險金就會下來，繼承土地後也可以做後續處理。可是明明也沒有遺體，到底該如何確認自己的家人已經死亡了呢？」

茜已經完全呈現哭腔的狀態。

「正常來說，不是會碰觸到變冷的手或是臉，體會到生命結束的實感，然後再去籌備喪禮、設立靈堂、將照片放入黑框中。接著會有很多人來參加送別，一個個訴說著離別話語，最後關上靈柩車的車門，在火葬場告別，然後撿骨……一般不就是要做過這些事，才能慢慢接受對方已死亡，並且不在這世上的事實嗎？

可是，爸爸在我心中，還是那個早上一起吃過早飯，很有精神地向我們揮手，便開車出門的樣子。我甚至不知道他是不是在哪裡，被海嘯給沖走了呢？

這樣能算是死了嗎？不……肯定是死了吧。在我腦袋裡就是這麼認為的。

但是，媽媽卻無法辦理爸爸的死亡登記。

也因為這樣，我們家的所有人從那天起，便一直抱著那段空白日子在過活。

爸爸活著回來的可能性，早就已經一丁點也不剩。明明我也很清楚，卻無法「讓爸爸死亡」。

要是我或是哥哥有去說服媽媽就好了。

不過我卻逃跑了。要我去跟媽媽說，爸爸已經不會再回來，這實在是太痛苦，所以我選擇不說，因為我根本就說不出口。

不過在去年九月的時候，媽媽不知怎麼了，突然跑去辦理了爸爸的死亡登記。

要是到了今年三月，那就不會是由特別專案處理，而是一般的七年規定。或許是因為媽媽不想接受七年的到來，而是想要靠自己的意志去決定吧。

太好了。我們家的人，終於可以脫離地震受災戶的身分，向前邁進了。當時，我的心裡是這麼想的。

然而，這次是換我哥出現了問題。

我和哥哥對分了保險金和遺產，各自拿到了六百七十萬日圓。

但哥哥卻在半年內就花光了那筆錢。因為他跑去賭博了。不僅如此，他還反倒欠下了三百萬日圓的債務。

我並沒有打算責怪哥哥。

我想他也獨自承受了許多壓力與重擔。畢竟我很快地逃到了東京，但是哥哥卻留在絕望的地方，成為母親的支柱。」

聽著茜將自己的故鄉說成「絕望的地方」，讓加奈的心頭不禁一揪。

「其實三百萬日圓，只要有工作就能還得起。

可是啊，要一個人好好工作去償還賭博欠下的債務，是不是很難？彷彿只要一負債，工作意願也就跟著消失。

我無法丟下哥哥不管。

畢竟我逃來這裡，對他其實也很愧疚。

我的六百七十萬日圓完全沒有動過，通通存了下來，因此哥哥的賭債也很快便還清。

老實說，這也是我們家的緊急突發事件，沒有辦法向他人訴說。加上我也沒有想到大家會這麼擔心我，才會選擇一聲不響地消失，真的非常抱歉。

只是，我看我哥這樣繼續灰心喪志，未來一定又會開始借錢過日子。

實在很難讓人放得下心。

所以我便邀他跟我一起來新宿的歌舞伎町，好好地瘋狂一場！全部的錢也由我來出。我一直覺得，在末班車駛離的這片街區，有神明大人在一旁守著我們這些無家可歸的人們。可能我也是想賭賭看，這個歌舞伎町所帶給我的溫暖吧。畢竟身為妹妹的我如果開口勸說，他可能會很反彈。我希望哥哥可以透過看見『Come on Baby』的大家，稍微變得積極樂觀一點，就像我也是因為他們，才重新獲得勇氣站了起來。我就是抱持著這個想法，才會和哥哥今晚一起出現在這間店裡。」

「妳哥哥和閑上由里是同一所高中吧？我看他們還為此高興了一陣呢。」

「像這種同窗還是同鄉什麼的……人真的是不管逃去了哪裡，或是拋棄了一切，仍舊無法完全擺脫自己的故鄉呢。我自己在『繆思俱樂部』，也是用由里亞這個名字。」

由里、閖上的由里（註27）。

「那兩個人志趣跟理念都很合，現在正在二丁目那裡。」

「妳給的一萬日圓小費，已經是他們的酒錢了。」

「其實我根本沒想到要給小費，所以才會把千鈔都用完了。」

「感覺有點浪費呢。」

「不過我也因此能再次見到茜，對我來說已經很值得了。」

「小茜！」

這道聲音幾乎是和拉門聲同時響起。

是佐藤先生。他露出的不是只有他的臉，包括他那近百公斤的巨型身體也一同現身。

「妳回來啦。妳去哪裡了啊？」

「我回來了。只是去了一些地方。」

「我有好多話想跟妳聊呢。要不要一起去哪裡吃個飯啊。」

註27　由里：閖上的日文拼音為「Yuriage」，音近由里、由里亞。

佐藤先生一臉笑嘻嘻的模樣。真是現實。

「你怎麼這麼失禮，我們這裡可是食堂呢。」

姊姊笑著說。

「佐藤先生，我為了找茜，可是花了三萬日圓經費呢。你能詳細算給我嗎？」

加奈一邊說著，一邊對著茜眨了一下眼。

「這有什麼難的。」

「還是選法國料理好呢——」

「這時間首班車都要發了吧？就算這裡是歌舞伎町，也沒有哪家法國餐廳會在這個時候開啦。如果是義式料理的話，我倒是知道有一間。」

「真拿你沒辦法，那就義式料理吧。」

外頭的天色漸漸明亮，八月的最後一個星期五的夜晚即將結束。

如果是義式料理，加奈也知道哪間店有開。

不過在一間一杯酒一百日圓的店裡，三個人要花到三萬日圓實在有些困難，最多也只到原本小費的一萬日圓吧。

準備搭乘首班車而前往車站的人們，就像一隻隻螞蟻般，一個接著一個相連在一起。

加奈跟茜都故意向佐藤先生撒嬌，各自從兩旁勾起他的手臂。

此刻佐藤先生的心情，看起來超級愉悅呢。

第四話

末班車的女王

面對著電腦，正在工作的會田和也的手機響起。

「抱歉，這時間打擾你。」

這是他熟悉的聲音，只不過有好一陣子沒有聽見了。

「你還沒睡嗎？」

電腦右側的時間表示現在時刻，凌晨一點十八分。

「嗯嗯，我還醒著。」

「太好了，我就想說和也的話應該還醒著。」

這種親暱的說話方式讓和也一陣惱火。

「要是我已經睡著，早就氣到掛掉電話了。」

「因為你不是從來沒有在一點前睡著過嗎？」

確實正如她講的那樣。

「你在家？」

「是啊，瘋狂加班中。」

「我聽說你離開研究室去找工作了。」

「嗯，妳過得還好嗎？」
「過得一般般嘍。」
「一般般到底是過得怎樣？」
「就是還算平安無事的意思。」
這段對話就像是在互相試探，就好像完全沒有任何的訊息交流。
「和也，你過得好嗎？」
「忙到沒時間生病啊。」
「如果不忙一點就不像你了呢。」
「妳在喝酒？」
「不久前在新宿喝的。不過以我來說算是滿早結束的哦。」
「這樣啊。所以妳到家了？」
如果她還住在那個房間，那離她最近的車站也已經沒有末班車了。和也想起她鑽進被窩，帶點結實肌肉的背部線條，胸口一陣抽痛。
「如果是的話就好了。早知道就別那麼快走，我好像太早離開了。」
「妳在哪裡？」
「一個叫做猿橋的地方。」

「真懷念，是在四谷那裡的關東煮店嗎？」

如果在歌舞伎町喝酒，只要走到荒木町，就有一家開到凌晨兩點的小店。和也剛和麻里交往的時候，就住在荒木町，所以偶爾會在聚會結束後繞去那裡。

「你說的那是『佐野橋』。不過話說回來，是滿像的。猿橋是猿、猴、的、橋，是一個車站的名字。」

「我沒有聽過這名字。」

「我也是第一次在這個車站下車啊，它在大月的前一站。」

妳又來了……和也硬是把這句話給吞了回去。大月……他記得應該是在山梨縣。

「妳又做了同樣的事？」

他還是不小心說出了「又」這個字。

「沒錯，你猜對了，我又不小心犯了一樣的錯。要是我有乖乖喝到末班車的時間，那麼就算再衰也只會到高尾。我果然不該做平常不會做的事。」

麻里被大家稱之為「末班車的女王」。

她只要一喝酒，就絕對會喝到末班車來才停。周遭的人對她的評語，好像也是「擁有無窮的體力」。確實那時的麻里，對任何事都是勇往直前，從來沒看過她擔心過自己的身體。

「為什麼妳不是在大月下車，而是在那個猿橋。」

她所住的國分寺末班車是開往高尾的，不過在這之前還有往豐田跟大月的班次。

「在我前面有一對卿卿我我的情侶，他們在荻窪站下了車。然後我就很幸運的有位子坐了，但也因此不小心睡著了，因為我實在太累了嘛。我今天也是從早開始就上了四堂六十分鐘的課。因為其中一名老師請假，所以他們就請我幫忙代一堂課。要是以前的我根本輕輕鬆鬆啊。」

她竟然一天教了四小時的有氧舞蹈，這完全超乎了和也的想像。麻里和自己同年，今年三十三歲。

「然後當我睜開眼睛的時候，電車門不知為何剛好打開，我立刻發現這裡是我沒看過的車站，心裡想著糟糕、睡過站了，就急急忙忙地下車。真的糟透了。」

麻里曾經與和也提過自己不小心睡過站，最後選擇從高尾搭計程車回她國分寺的家。那時他們剛認識不久，麻里還一邊說著一邊把收據拿給他看。後來兩人交往後，他也曾多次開車到高尾載她。

「確實很糟，妳要是坐到大月就好了。」

「你這說話不饒人的地方還是一樣沒變啊。」

和也完全不知道大月是個什麼樣的地方，不過站名至少比猿橋還要來得有名吧。既然是終點站的地方，應該多少也算是一個大城市？

「上行電車呢？」

「二十二點五十九之後通通都是空白了。」

兩個小時前。也就是說，末班車早就已經跑了嗎……

「下一班開往東京的班次是五點四十一分。」

還要等四個小時以上。

「感覺到國分寺的計程車錢會很貴，不管是時間還是距離都讓人難以想像。」

「就算再貴，只要有計程車我就會坐，但問題就是沒有。」

「車站外沒有一兩臺配合末班車在外等待的計程車嗎？在這世上經常坐過站的慣犯，應該不只麻里一個人吧？」

和也用免持聽筒一邊和麻里對話，一邊用眼前的筆電查詢計程車費用。只要將站名輸入再點選確定，從大月車站到國分寺，兩萬八千一百八十日圓的金額就出來了。都可以坐飛機去沖繩來回一趟了。

「你猜有幾個人下車？」

「我怎麼會知道。」

「除了我之外總共八個人。然後他們剛好分成四人一組，分別往北口跟南口出站。北口的方向給人的感覺是比較大的出口，所以我也先從北口下了樓梯，但是下去後根本一片漆黑。有三臺自家車來接人，剩下另外一個人可能住得比較近，因為他穿過廣場往信用組合（註28）的方向離開。後來我又緊張地跑回剪票口，從另一頭的南口走下樓梯。因為我擔心搞不好那裡會有計程車，要是被人搶先一步，我可就沒戲唱了。」

「就算真的有計程車，妳這時才去也已經太遲了吧。」

「是～是～就像你說的那樣。那裡雖然有很小的廣場，不過也是非常漆黑。旁邊就是一座寬敞的停車場，大家好像就是從那裡開自己的車回家。有一個年輕女子站在那裡，不過很快就有一輛車來接她了。應該是她爸爸吧？超級讓人羨慕——的啊。」

她一口氣說完之後，話筒的另一頭便不再傳來聲音。

註28　信用組合：日本經營信用事業的一種合作組織。依組合目的可分為信用組合、販賣組合、購買組合、生產組合。

和也好像聽見了寂靜的另一端，傳來了麻里的嘆息聲。

「妳沒事吧？還醒著嗎？」

「還醒著啊。」

「因為妳突然不說話。」

「我正在茫然若失中。」

「那在妳茫然若失以前，倒是花了不少時間嘛。」

「在我下月臺的瞬間就一直在茫然若失啊。」

麻里又在這裡打住不說話了。

「如果沒有計程車，就代表妳得去找個地方住吧？」

「我當然找過了。離這裡最近的旅館有五公里遠，電話打了也是沒人接。我查了一下附近叫計程車的電話，也是一樣打過去沒人回應。」

五公里倒也不是不能走的距離，所以是怕就算去了，對方也有可能不給自己入住嗎……

和也從搜尋的地圖畫面上，看見了幾家旅館。從地形上判斷，應該是位於山裡的溫泉旅館吧。

「所以那裡不是都市啊。」

要是麻里下的站是大月，搞不好還有幾臺計程車，會專程在那裡等候坐過站的乘客呢。

「我現在所在的南口，站前還只有一間店。是一家便宜小酒館，不過它早就已經關店了。我走出剪票口，唯一能看見的燈光就只有自動販賣機。我剛才還不自覺地跟它講話了呢。我跟它說『大半夜的你還真努力』、『辛苦啦』這樣。那是一臺有點舊的機器。」

「……」

「我也是很辛苦啊。我的課一直上到晚上九點半，後來為了補充熱量跟水分，才會一個人去了家庭餐廳。我點了大杯生啤酒、炸雞還有凱薩沙拉。那裡的凱薩沙拉是用大碗裝的非常好吃，而且大口地吃著生菜真的很爽快。我還點了義式培根蛋黃麵，做我的能量儲備。」

雖說這和麻里從事體力活的工作有關，但她依舊沒變，食量很大。而且跟過去一樣，喝了酒的麻里會變成一個多話的女人。

「我已經沒有像以前那樣喝那麼多酒了，所以酒量好像也跟著變弱，一下子就犯睏了。」

「酒量不好的柳瀨麻里在這世界上是存在的嗎？」

「自從和你分手以後，我也不再喝那麼多酒了。畢竟肝臟一有負擔，就算到了隔天，肌肉的疲憊感還是消除不了。」

「因為年紀大了嗎？」

「我不否定。」

從兩人最後一次見面，已經過了多久了呢？四年？那是在她三十歲生日的前幾天。

「妳從哪裡打電話給我的？」

「我不是說了在一個叫猿橋的車站嗎？」

「我不是那個意思。」

「我現在坐在剪票口下來的站前樓梯上。因為有車站看板，所以很亮。這個車站只要一出剪票口，連個長椅都沒有呢。」

和也想像了一下，黑暗中只有車站的看板燈光跟自動販賣機在發亮的景象。

「然後啊……」

電話斷了。

麻里好像正打算說些什麼。

手機有時候就是會突然切掉。

是因為鄉下收訊不好的關係嗎？

和也本想重打回去，最後他決定還是等待麻里打來。畢竟也是她先打來的，要是兩邊都一起撥打電話，反而會變成電話中而接不通。

過了一陣子，大概等了一分多鐘吧，麻里還是沒有打來。

可能她正在找收訊好的地方。筆電的時刻表示，現在是凌晨一點二十六分。

手中點開的來電紀錄寫著柳瀨麻里四個大字。

雖然和也有點猶豫要不要打回去，最後他還是心一橫，按下了電話標示的回撥鍵。

他吐了一口氣，在一段無聲的間隔之後，連聲響鈴都沒有，電話那頭直接進入語音信箱。

【您所撥打的電話尚未開機，或是在收訊不良的地方沒有回應，請稍後再撥。】

兩次、三次，和也重複撥打，結果還是一樣。

她剛才確實是想說些什麼，所以很難想像會是她自己關機的。那麼果然是收訊不好的關係嗎？

和也才這麼想著，便驚覺到一件事。

該不會是電池沒電了吧？

如果真是如此，那他也沒辦法了。
和也把畫面關掉，便把電話放置在桌上。
總之先歇息一下吧。和也拿起遙控器，變更了溫度設定，然後從椅子上站了起來。
他到廚房煮了一壺水，接著就去上了一下廁所。回來的時候，熱水瓶裡的熱水也煮好了，剛好是一杯咖啡的分量。從調溫度到煮咖啡的過程，弄得像茶道一樣，是他的每日例行公事。
和也發現自己走去廁所時的姿勢，身體有一點駝，看來自己多少有些累了。不過這也是應該的，從他開始工作到現在已經過了十五小時。
和也一邊品嘗著咖啡，眼睛同時在液晶螢幕上的 Paython（程式語言）文字列和天花板間來回移動。就連休息時間也像現在這樣，不自覺地盯向自己寫的程式。不過現在的他，看不出來這段程式語言代表著什麼意義。
他已經失去繼續工作的專注力。
不是因為麻里的那通電話，單純只是因為他累了。儘管以時間來說確實如此，但這理由連他自己也不信。

「妳在那裡等我，我馬上過去接妳。」

如果是以前，只要麻里的電話一來，自己就會這麼說了吧。

末班車的女王——柳瀨麻里坐到終點站並不是什麼稀奇的事。

當時她的家是在中央線的國分寺，自己則是從四谷搬到了吉祥寺。

過去有好幾次和也一接到她從終點站高尾打來的電話，他就會開著他的福斯Polo去接她。

這是他花了十五萬日圓入手的愛車。不管是多破的車，都能給予他想要的那種、想去任何地方都能自己決定的「可能性」與「自由度」，這是任何事物都無法取代的東西。

正因為不管是麻里還是和也，他們都有各自想要追尋的目標，所以兩人都很窮。

對於麻里來說，要她接受自己不得不從辛苦錢裡，拿出幾千塊日圓來付計程車費，可是如同前功盡棄一般的重大失敗。

和也倒認為，因為坐過站而跑到了很遠的車站，在人生中不算什麼大事。不過儘管是微不足道的一件小事，只要他能靠自己所擁有的東西，還有他自己的努力，幫麻里脫離困境的話，那他就會覺得很開心。唯獨這個時候，和也覺得自己像是一個駕著馬車去救公主的白馬王子。

「成為一個對他人有貢獻的人吧。」

和也小的時候，祖母時常這麼告誡他。

成為一個對他人有貢獻的人是什麼意思呢？小孩子的腦袋根本就不懂。

例如，他曾「想過」當值日生掃學校走廊，就能成為對他人有貢獻的人。但是具體來說，誰會因為學校走廊有人打掃而感到幸福？他怎麼想也想不出答案。就算走廊上掉了一些垃圾，又有誰會感到困擾呢？和也也從來不曾在學校看過，有哪一個人因為走廊掃得很乾淨而感到開心。倒不如說，他覺得大家單純只是討厭打掃。

「如果是自己家中，大家應該會維持得很乾淨吧。那為何公共場合弄髒就無所謂呢？」

老師當時是這麼說的。不過和也的父母也是老師，但和也家中的走廊，總是堆著一箱箱裝有書跟資料的褪色紙箱，比學校走廊還要髒亂不堪，但家裡的人也都不以為意。

打掃能為他人帶來助益的實感，實在是很薄弱。

到底做什麼才能幫到他人呢？和也真的不曉得。

直到他談了一場戀愛，一切突然都變了。

他變得想為自己喜歡的人做一些事。

明明幫忙家裡掃地，看見父母高興，自己也不覺得有多開心。但若是能讓自己喜歡的「某人」高興，那麼要他做任何事都行。雖然他討厭掃學校走廊，不過只要是喜歡的女生叫他去摘朵花來，那他就會在上學途中，潛入陌生人家裡，從庭院偷花送給那個女生。

過去的他，曾因為麻里不小心坐過站而從高尾打電話向他求救，他便開著他的破車前去載她。當時他覺得很神奇，因為他察覺到自己感受到麻里不好意思的同時，也發現自己非常樂於如此。

他也不知道這到底算不算是「愛」。不過至少他可以當個拯救陷入窮途末路的愛人脫離困境的、奇幻故事主人公。

在半夜突然被奪去時間，把僅有的錢拿去勉強加油，然後再花那些油開去高尾。光是這份犧牲，就代表自己非常重視她。和也對此感到很高興。

不過他們之間的關係不是很黏，倒不如說彼此都滿獨立的。

當時的和也已經修完了博士班課程，成為了一個找不到工作的博士而留在學校。他的教授便以個人名義的形式僱用了他。平時的工作就是幫忙大家做做實驗，以及指導研究室的學生，薪水就是來自教授從企業那裡得到的研究經費。雖然不是正職的工作，不過他的打工時數一週也有三次，時薪是一千兩百日圓，每日工作七小時。說白一點，一個月大約是十萬日圓。對和也來說，這份工作最大的優點，就是他在做自己的研究時，可以使用大學的資源。只是光靠這點錢也實在沒辦法過活，因此他便把原本想要投入研究的時間，分了一點拿去打工。

而那時的麻里，因為在游泳的奧運菁英選手培訓考試中落選，剛從游泳競技中引退。繼續待在原本隸屬的公司也很尷尬，所以她便選擇離職，跑去擔任知名企業運動俱樂部的游泳教練。基本薪資大概是二十多萬日圓。

或許在這個國家，不管是能力足以代表國家參加比賽的運動員，還是國立大學畢業讀完博士班的人，都難以領到與他們專業度相符合的薪資收入。

「要是不運動身體就會變差」的麻里，未來打算當一名有氧舞蹈的老師，所以白天在擔任游泳教練的同時，晚上便去上夜間的相關培訓課程。

在泡沫經濟時代，如雨後春筍般冒出的運動俱樂部，現在也因為設備老舊又沒錢修繕，一個接著一個倒閉。如果翻閱以前的雜誌，就會知道過去好像曾有段時期，人們將運動俱樂部視為潮流尖端的流行場所。如今會員都已經高齡化，甚至有的俱樂部，高達八成以上的會員，年齡都超過了五十。不過近年倒是增加了不少靠小面積跟低限度的設備，以便宜為賣點來經營的俱樂部。畢竟附有泳池的俱樂部，在經營面的成本上來看，並不是很划算。
對於自己投身的業界，麻里曾對和也這麼表示過。
「我覺得我最後還是得『上岸』，不然就無法養活自己了。」
她擔任游泳教練所賺到的薪水，有一大半都花在「培訓課程」的學費上。
「就連在公民活動中心舉辦、針對高齡者的體操教室老師，好像也要有個有氣舞蹈講師的頭銜會比較好？感覺這麼一想，前途也比較光明了。」
確實，聽麥克・傑克森長大的人，也不會因為年紀大了便跑去聽演歌。倒也不是人老了就會去喜歡老人家所喜歡的東西。
在兩人嘗試交往之後，他們仍舊被各自的生活追著跑，能見面的時間很少。
兩人見面的時間一個月只有一次或兩次。
麻里曾經笑說，自己被朋友念：「這樣交往根本一點意義也沒有。」
那時和也住在四谷屋齡五十年的木造便宜公寓，因為房屋老舊的關係必須得拆除。由於是房東那方要解除契約，所以和也也拿到了十萬日圓做為補償，他將一部分的錢拿來當作搬家金跟押金，在離麻里住的國分寺稍微近一點的吉祥寺找到了住處。儘管距離變近了，不過由於這裡入選了「大家想住的街區」排名裡，雖然位置比四谷荒木町還要來得郊區，卻也因此房租相對較高。

兩人也無法待在歌舞伎町喝到末班車跑掉，再一起走路回去和也家了。

儘管如此，兩人家裡變近一事，確實讓和也在心情上感到些許幸福。

坐電車的話大概是二十分鐘，距離上應該有十公里左右。套句麻里所說的話就是，「這次住在了可以走路回我家的距離。」

見不到面其實也不是誰的錯。

彼此都有自己「必須該做的事情」，並且為此傾盡了全力。

實驗就是一連串的失敗。

儘管經過了好幾十次的失敗，只要有那麼一次找出成功的條件，之後不管在哪裡，由誰來實驗或實驗幾次都能成功。那就是研究的成果、科學的進步。接著再把這些寫成論文，就會是自己的成就。

在研究領域上，失敗可是有著極大的價值。

在抵達前往成功路上的「無數個候補路線」中，一一將那些「無法順利抵達的路線」、「走進死胡同的路線」消去，即是通往正確且成功道路的唯一方法。

確實，當麻里有空的那天，要是自己的實驗「失敗」了，和也就會不自覺地想道，那麼這天如果有去約會，結果就會是「好的」。

話雖這麼說，若是沒有制訂好自己的原則、努力不懈地堅持下去，仍舊是無法得到成果。

研究也是一個需要爭取第一的競爭。

為了能比其他人還先做出成果，世界上的許多研究人員，不分晝夜地都在不停做實驗。在約會的時候，要是失去了一次必要的失敗機會，那麼成功的機會勢必也會延遲到來。

所以雖然和也知道兩人見面待在一塊很開心，但他還是需要將時間分給實驗，就算沒有人逼迫他這麼做。和也認為，生活過得越苦，他就越有一種更該快點拿出成果，更該快點把論文寫完的感覺。

麻里也累了。

工作和培訓課程將她的身體操勞過度，儘管人都已經筋疲力盡了，每天回到家，還是得去洗溼掉的泳衣跟被汗水浸溼的運動服。麻里的運動服是採用了伸縮材質的布料，無法使用高溫烘乾機，所以她家的浴室，總是會晒著那些運動服。

由於洗澡前必須把衣架移動到起居室，所以和也醒來時，便會從床上看見那些掛在牆上，像是「空殼」一般的運動服。而懷中的麻里一絲不掛，仍在酣睡當中。

那些不經意映入眼簾的「空殼」，突然讓和也覺得很可愛，垮垮的形狀也喚起了他的戀物癖。儘管如此，和也感受著她的體溫，看著她的背影，不想將她吵醒讓她繼續睡的心情，還是戰勝了自己的情慾。

一名讀完了研究所博士班卻找不到工作的失業博士，和遇上挫折不得不離開競技場的運動員。

感覺很潮，卻一點也不酷。

他們只是想著未來想要做的事，以及將來想要成為怎樣的人，並朝著那樣的方向前進而已。不過，儘管犧牲了眼前的生活，和也仍舊認為，彼此確實有過共享追逐某物的心情。

雖然很窮，但他們知道彼此不會就這樣結束。明天、在那不久的將來，為了成為一個不一樣的自己，他們今天也是奮力地活著。僅是如此。

和也打開瀏覽器，查了一下猿橋車站的時刻表。

開往大月的末班電車抵達時刻是凌晨一點零六分。麻里下了月臺之後，已經過了快三十分鐘。

接著他又搜尋從自家到猿橋車站的路線。

兩地距離七十八點二公里，所需時間一小時十分。

和也關掉了 Paython 的資料夾，將兩瓶營養補充飲料丟進袋子裡，然後從抽屜裡拿出車鑰匙。

一出房間的瞬間，空氣中的溼熱感立刻纏上身。

布滿溼氣的空氣，讓停車場周邊的照明看起來模模糊糊的，讓人以為是不是眼鏡髒了。不過氣溫倒是沒有高到哪裡去。

和也打開車門，坐進了駕駛座，擋風玻璃上隨即出現薄薄的霧氣。

他確認了一下天氣預報的ＡＰＰ，是積雨雲。西邊有濃濃的雲正在靠近。

車子一次就發動成功。這輛車齡早已超過十年的老爺車，只有電池是新的。以前和也最窮的時候，買不起新的電池，冬天就得拿回家充電。儘管這樣治標不治本，但只要能成功發動一次，車子就能安全開到家不會熄火。

他用手機再次確認了一次到猿橋的路線。因為前任車主裝的導航系統太舊，不是很好用。

和也開了兩次雨刷，將擋風玻璃上的薄霧擦去，隨後便將車子開出停車場，往道路方向行駛而去。

總而言之，先去看看吧。也不知道一個小時後，麻里還會不會在猿橋。但在沒有計程車也沒有地方住的情況下，應該也很難去哪吧。

只能待在一個沒有店家營業，也沒有長椅可坐的地方，度過漫漫長夜。

大月現在的氣溫是二十度，早上的最低氣溫則是落在十八度。雖然不到凍死人的程度，但如果沒有任何禦寒衣物還是會很冷吧。

不過她也不是小孩子了，加上再過四小時首班車就開了。

應該沒有那麼嚴重吧？

末班車已過的車站招牌，還會繼續亮著嗎？

和也腦海中浮現麻里在螢光燈的冷光照耀下，獨自坐在階梯上的樣子。在電車沒有行駛的期間，很少人會沒事去那種山間車站。看來到早上都不會有人前往那個地方吧。

可是如果真有那麼一個人，出於某種理由到了那邊……就這麼恰巧碰見一個女人獨自坐在那裡……

假設那個人打算去車站前的自動販賣機買東西來喝，便從國道（註29）二〇號開進車站前，然後發現了站在樓梯上的麻里，那麼接下來會發生什麼事呢？

「發生什麼事了嗎？」

註29 國道：在日本，國道可分為「高速自動車國道」及「一般國道」，前者為一般認知的高速公路，後者則為一般道路。

「我不小心坐過頭了，所以現在被卡在這裡，哪裡都去不了。」
「那還真是辛苦了。不介意的話，需不需要我送妳到哪裡啊。」

對方有可能是一個親切的人，但也有可能是另有所圖。
說到底，在這四下無人的地方，要是她被一群男人圍住……
和也在下石原派出所前，從都道一二號右轉進入國道二〇號的時候，用力踩下了油門。再開五百公尺就到中央高速公路了。
雖然麻里有學習各種健身相關知識，也曾去下北澤的拳擊教室上過課。不過和也並不曉得，這些東西到底能不能在「實戰」中派上用場。
麻里的腳程應該算是快的，但不知道和男人比起來又是如何呢？
她的耐力非常好，只要有跑開的話應該是逃得掉。
可是如果對方開車……在那種情況下，若能找個狹窄小巷逃進去，大概能勉強逃脫吧？不過狹窄小巷？也不知道車站前連個店家都沒有的鄉下地方，會有狹窄小巷的存在嗎？
和也不知不覺開始模擬起實際狀況。
一群男人追著死命逃跑的麻里……自己是電影看太多了吧。不對、他最近連電影都不太看了。

和也從調布交流道開上了中央高速公路。

也不知道「飆上」高速公路這說法是誰先講的。現在他真的覺得講得很貼切。只要將車子一直加速到可以將風劈開那般快，整個車子奔馳在地面上的感覺就會完全不同，路上的瀝青會變得軟軟的，時不時還會覺得車子好像擦著地面在飛。

八月最後一個星期五，深夜的中央高速公路上，排了一條卡車行列。

和也開在外線沒多久就遇上卡車，只好開進內線超車，沒想到最後一連超過十輛車才終於開回外線。

在和也小學時，全家人會一起開車外出兜風。當車子的右邊出現賽馬場的燈塔及監視塔，左邊則是出現三得利啤酒工廠的時候，和也的爸媽就會開始唱起荒井由實的〈中央高速公路〉。

某次，和也將這件事告訴麻里，她便笑著回他：「你那故事我已經聽了三遍了。」和也見狀便反問麻里，為何笑得那麼開心。麻里也回他：「大概有好幾十萬對的情侶，在經過這裡時，都會不停地唱著同一首歌吧？」

在和也第二次開進內線再切回外線後，他終於受不了前方堵住的卡車，奮力地踩下油門，開離了外線車道。

風切的聲音變大，儀表板上的速度警告燈依舊是亮著。

風聲讓和也的耳朵有種被塞起來的感覺，導致外頭傳入的聲音變得有些模糊。

此刻的他覺得口乾舌燥，儘管吞了好幾次口水也沒什麼用。

自己到底為什麼要開這麼快？和也向自己問道。

等到他抵達猿橋車站的時候，離末班車跑掉也過了一個小時半吧？他實在不覺得麻里會乖乖地待在同個地方那麼久。

如果是自己的話會怎麼做？和也試著思考了一下，卻得不到一個答案。

沒有計程車，沒有住宿的地方，沒有任何店家，而且手機還沒電。在這種情況下，到底還能做什麼？有什麼事情是自己做不到，但是麻里可以的？

相同的事情一直在和也的腦袋裡打轉，隨後又消失。

和也沒有其他新的情報，光是一直想也沒有用。

先不管她現在在哪，又做了什麼。搞不好三個小時後，她就會搭上首班車，沒過多久便回到國分寺的家，接著再用插上充電線的手機傳一封「安全到家——不好意思讓你擔心了」的訊息給和也，然後事情就這樣告一段落。這樣的可能性還比較高。

不過，就算她現在安全，也有可能接下來就會遇上什麼事。

早知道剛才就先喝點什麼，現在他感到十分口渴。

每當休息站的標示一出現，和也就會陷入要不要開進去的煩惱中，但是他最後還是會選擇繼續開在內線車道上。也因為這樣，他比剛出發時，導航APP預定抵達時間，還要早了七分鐘。

他知道猿橋車站那裡有個自動販賣機，也曉得除此之外就什麼也沒有了。不過只要到達那裡，他就可以買東西喝了。

他經過了「八王子第二」出口。

如果要前往高尾，就必須在這裡下高速。

出了小佛隧道之後，彎道也變多了。

和也看了一下剩下距離，還有三十五公里。

自己能在三十分鐘以內抵達嗎？

就在他轉了一個大彎，想著前方那輛車好像亮著警示燈，沒過多久，他就開到了那輛車之後。

然後他就變成了最後一輛車。他先停了一下，再啟動的時候就一直維持在時速三十公里。

「可惡，這種地方會塞車？」

和也不自覺地說道。

原本逐漸遞減的抵達時間也跟著變長。

可能差個十分、不對，是一分鐘就來不及了。

此時，和也看見眼前出現了【藤野ＰＡ】(30)的標示。

隨後他想都沒想就往左切。這條路可以開得比主幹道還快，只要穿過休息站從裡頭直接開出去，應該可以超過好幾輛車吧。

他一邊看著遠方店鋪的燈光，一邊朝最前面的主幹道駛去。

就在這時，正在停車中的卡車內，出現了一道人影。

危險！

他立刻踩下緊急剎車。

耳邊響起剎車聲的同時，眼前的人影跟著越來越大。

他將腳用力踩到底，眼睛也睜得老大。

車子終於在快要撞上的前一刻停了下來。

註30　ＰＡ：日本高速公路上的休息服務區分為ＳＡ（Service Area）及ＰＡ（Parking Area）兩種休息區。ＰＡ的設施較為簡單，可能僅提供廁所與販賣機。ＳＡ則是有完整的設施與服務，能提供駕駛休憩、餐食的自在空間。

得救了。

「混蛋！」

當重重下沉的前輪避震器回到原位時，一陣叫罵聲也隨之而來。

「對不起！」

和也身體仍舊對著前方，用著即使隔著玻璃也能聽見的大音量道歉。他沒有時間回頭，慎重地繼續往前開。在快出去停車場前，全力加速開往主幹道，之後又減速切進塞車的車流當中。

最後和也也不知道，自己有沒有成功跑到比先前還要前面的位置。

此時，一輛閃著紅色警示燈的警車經過，沒過多久，塞車的情況便跟著解除。看來是因為車禍才塞車的。

隨後和也駛離大月交流道，朝著新宿方向開進國道二〇號不久，就在天橋上看見「猿橋車站」的標示。這裡甚至連個紅綠燈都沒有。

他順著標示沿著直角轉彎，便來到一條幾乎沒有路燈的道路。兩旁都是普通的木造住宅，中途有經過幾間類似商店的建築物，不過這時間店也全都關了。

沒過多久，車站前的小圓環便映入眼簾。

廣場中央的燈光被矮小樹叢包圍著。和也將車燈轉為遠燈，繞了一圈圓環。

沒有任何一人。

一旁是「山梨中央銀行自動提款機」的小小建築物，以及只有「ＪＲ」部分是綠色的「猿橋車站」招牌。

從車站下來階梯的地方，擺有兩張沒有靠背的長椅，看起來像是公車站牌處。後方有兩臺自動販賣機。

和也將車子熄火停好，走到了外頭。

這裡一點聲音都沒有，感覺不出有人會在這裡出沒。

車站的另一面則是緊鄰漆黑的山壁，背著微亮的天空。

和也往自動販賣機方向走近，便看見隔著圍籬的車站月臺，鐵軌也在其間散發光潤的色澤。

為了保險起見，和也便用手觸摸了一下長椅。然而不管他摸向哪裡，長椅的溫度依舊是不冷也不熱。

他開始後悔來到這裡了。

和也抬頭望向無人的階梯。

此時他才察覺，為什麼自己沒有立刻發現呢？麻里曾說過還有另一個出口，那裡連個長椅都沒有。

和也飛快地衝上階梯，接著右轉，穿越鐵門已被拉下的剪票口前，從另外一面的樓梯下去。

正前方有一臺自動販賣機正亮著。左邊有個鋪了小碎石的停車場。

就是這裡。麻里打電話過來的時候，就是在這裡。

「麻里。」

和也試探性地輕聲喊道。

「麻里、麻里！」

接著他越喊越大聲。既然這裡沒人，那他也不用覺得害羞了。

「麻里！」

和也又一次大聲地喊道，這次似乎從漆黑的山頭那裡，傳來了些許回聲。他從來沒有這麼大聲喊過她的名字。

為何會這麼安靜呢？連輛車的聲音都沒有，就連蟲叫聲也沒聽見。

看來他還是沒有趕上。不過這也是當然。

和也垂頭喪氣地嘆了一口氣，這才想起自己口渴一事。

他一面摸著口袋裡的零錢，一面走向自動販賣機。這機型有點老舊，下面的板子還凹進去了，不知道是被誰踹的。

和也將兩枚一百日圓投進了投幣口。他有點想喝烏龍茶。眼前是「冷飲」的藍色按鈕及「熱飲」的紅色按鈕。他猶豫了一下，最後按下了「冷飲」的按鈕。

「咚」的一聲，周圍響起了巨大聲響，取出口中掉出來一瓶寶特瓶。

接著一陣電子音響起，眼前的紅色LED字體開始滾動。和也嚇了一大跳，目光也跟著聚焦在正中央的小型螢幕上，上頭正閃著「沒中」兩字。

他將滿是傷痕的白色透明板往上推，伸手把寶特瓶取了出來。就在這時，他的手碰觸到一個溫溫的東西。他便再次把手伸進裡頭撈了一會兒。

那是一個罐裝咖啡，上頭還帶有一點餘溫。

和也立刻看向自己的手錶。現在是凌晨三點十八分，距離麻里打來的時間已經過了兩小時。

那這罐咖啡自從掉下來之後，又經過了多少時間呢？應該有比十分鐘長吧？三十分鐘？一小時？雖然無法準確抓出一個大概，但至少不會超過好幾個小時。

是麻里的痕跡。

這個車站的末班車抵達時間超過凌晨一點，所以也不會有人這麼晚了還跑來這裡。麻里曾說過，她和自動販賣機講過話，但並未提及自己買了什麼。

當時她坐在階梯上好一陣子，然後才打電話給自己，隨後又因為某個理由電話被切斷了。

那麼她為何要把帶著微溫的罐裝咖啡，留在裡面不取出呢？

「中獎即可再獲得一瓶」。

就是這個。

如果末班車開走之後，就再也沒有人來過這個車站，那這個罐裝咖啡就會是麻里的準沒錯。從這溫度看來，它掉在取出口裡應該還沒有超過兩小時

麻里在這臺自動販賣機買了飲料，偶然中了獎，除了她原本買的飲料之外，還得到了一個額外贈送的罐裝咖啡。

而出於某個原因，她並未把咖啡取走，就讓它留在了取出口裡。

是因為她不想要嗎？

不對，搞不好她根本就沒有發現自己中獎了。

還是說，就算中獎也沒有發出什麼聲音？

雖然和也偶爾會在他處看見這類會中獎的自動販賣機，但其實數量並沒有那麼多。一般來說，就是看著外面的飲料包裝，然後決定好要買的飲料，接著投入錢幣，等到自己買的飲料掉出來之後就把它取出，隨後離開。

就連和也自己也是，在還沒看見紅色ＬＥＤ燈滾動前，他根本沒意識到，中

獎即可免費獲得一瓶飲料。他原先是好奇裡面怎麼會有一個罐裝咖啡，後來才讀了「中獎即可再獲得一瓶」的說明文。就在他把手放入自動販賣機的時候，手背就這麼湊巧地碰到了那個罐裝咖啡，才會發現「還有一瓶」的事情。

如果這個罐裝咖啡，是麻里當時在這臺自動販賣機買飲料時，中獎得到的「另一瓶」飲料。也就代表咖啡還很熱的時候，麻里的人也還在這裡。那麼讓咖啡變成現在這個溫度，到底又花了多少時間呢？

當時她所見到的光景，應該就跟現在自己見到的一樣吧。

雖然不確定正不正確，總之先假設在一小時前。

乘坐開往大月末班車的麻里，偶然從瞌睡中醒來時，不小心下了車，而車子當時就停在這個猿橋站。按照時刻表來看，就是凌晨一點零六分的時候。

她先走出剪票口，跟著其他三人前往北口，然後下了樓梯。在發現那裡沒有計程車之後的麻里，便急急忙忙地轉向南口。從這裡出來的也是四個人，其中三名立刻轉往一旁的停車場，開著自家車駛出了圓環。剩下一名年輕女子，沒過多久便坐上一臺來接她的車子，跟著離開了車站。

麻里看著這場景，在凌晨一點十八分時，打電話給前男友，也就是自己。

接著凌晨一點二十六分時，出於某個理由電話斷了。和也猜想，應該是因為電池沒電才被掛斷。

假設凌晨兩點左右，麻里在這臺自動販賣機買了飲料。那麼在電話掛斷之後，至少也過了三十分鐘左右？和也回溯時間，試著一一推敲出麻里的行動。電話被切斷的原因，可能是被捲進了什麼案件的擔憂已然消除。

如果自己也陷入了相同的窘境，那他會怎麼做呢？電話不通，沒電也沒辦法搜尋其他辦法，待在這個沒有半點人煙的地方，茫然地獨自坐了一陣……

三十分鐘很長。她總得想個辦法打破目前的僵局吧？在麻里決定採取行動之前，她走到了漆黑的廣場中，停在那臺還亮著微弱燈光的自動販賣機前。為了暖和冷卻的身子，她便買了一個罐裝咖啡，然後繼續思考脫離困境的方法。由於太過專注，所以她也沒有注意到紅色的ＬＥＤ燈正在滾動，最後停在了「中獎」上頭。接著「砰噠」一聲，飲料掉到了取出口的聲音。麻里便伸手找了一下，在碰觸到溫暖的咖啡後，心中的不安也跟著緩解下來。

然後接下來呢？如果是自己會怎麼做？

會想去哪裡吧？不過家裡實在是太遠，他應該會找個附近、至少比這裡還要好一點的地方。一個比較好的地方……對了！乾脆走去相隔一站的終點站大月好了。那裡搞不好還會有店開著。居酒屋、家庭餐廳、牛肉蓋飯屋、便利商店也行。

可是她知道路嗎？

搞不好她知道走附近的國道二〇就可以抵達下一站，所以便走去了？

和也又跑回剛才走下來的樓梯，穿過鐵門已被拉下的剪票口前，回到北口下了樓梯。

只見停在廣場對面的自家愛車，還亮著大燈。

慘了。忘記關大燈了，這該不會是最慘的事吧。如果消耗太多電力，導致車發不動的話……

和也飛快地衝去車子那裡，沒想到他竟然連門都沒鎖。

他隨即坐進駕駛座。

不知道是不是坐下來的關係，害和也從口袋取出鑰匙花了一番功夫。他將身體往椅背坐，讓腰騰空之後，再把手伸進口袋，用手指拉出了鑰匙。接著他抱著祈禱的心情，將鑰匙插進去，然後——轉動。

車子的發動機感覺沒什麼力，和也又一次發自內心地感到懊悔。就在引擎轉速下降、就要熄火的前一秒，突然又發動起來了。

和也這才放下心中大石，大大地吐了一口氣。

隨後他重新打開導航ＡＰＰ，將目的地設定在大月車站。

二點八公里。開車的話六分鐘，走路則要三十三分鐘。很近。完全是可以步行抵達的距離。如果說，麻里在凌晨兩點的時候，從猿橋車站開始出發，那兩點半的時候就已經走到了。現在是三點十二分，在麻里到達大月的五十分鐘後，自己也會抵達那裡。

和也心中湧起了希望，或許可以見到她。

當他開進國道二〇號線不久，就看見紅綠燈的交叉路口處，掛著大月車站前的標誌。右轉就會進入車站前的圓環，正中央還有座露天停車場。

和也緩緩地駛進圓環。這裡確實是有幾間店，正對著圓環，不過這時間也都關燈打烊了。車站建築的正前方設有計程車乘車處，只是眼前一輛車也沒有。在末班車抵達到現在，也已經過了兩小時以上。一般來說，是不會有人特地跑來這裡了。

在轉了一圈之後，和也又一次從車站正面駛進，隨後下車，走進山間小屋風格的車站建築內。這次他有好好關掉大燈。

剪票口被鐵門封閉了，附近沒有半點人煙。

接著他背對車站建築，望向圓環處。公共廁所那裡還有燈光。

「柳瀨麻里小姐有在裡面嗎？」

和也站在女廁前，向裡頭出聲喊道。要是她因為來到陌生的城鎮，正大受打擊地坐在馬桶上，此時又突然聽到有人喊自己的名字，一定會嚇得跳起來吧。不過麻里至少還有用電話告知認識的人目前的狀況，所以聽到有人叫自己，應該會知道是認識的人喊的。

至少有一個人知道她目前的狀況。

和也沒有想到。或許不只一個人，搞不好有人早就把她接走了也說不定。例如現在和她交往中的另一半……

和也對自己做的假設湧起了嫉妒心。幹麼想這些有的沒的。他惱火地想道。最後他自己也順便上了一下男廁。

「麻里，妳應該沒有在裡面吧？」

和也又一次朝女廁出聲喊道。當然也沒有任何人回應他。

這次他走到圓環處繞了一圈。

和也在已經熄燈的食堂外頭，發現旁邊有個小小看板，上頭寫著「商務旅館」。雖然這棟建築不大，不過三樓看起來好像是旅館。入口處的燈光已經熄滅，上頭還上了鎖。和也隨即用手機查詢旅館的名字，接著嘗試撥了通電話過去。結果沒人接。

如果是都市裡的飯店，二十四小時都可以自由進出。不過在這列車都不開，周圍的店家也都關店的時刻，這裡的櫃檯營業時間可能也都結束了吧。

麻里有可能住在這間旅館嗎？

以防萬一，打個電話看看吧。

【您所撥打的電話……】

如果她有順利入住的話，首要做的事情就會是充電。只要有插著充電器，就可以打電話。但是和也這裡並沒有麻里的來電紀錄，所以她的手機依舊是沒電狀態，就算不在這間旅館，應該也是還沒找到地方入住。

和也現在做的事情，就像在推測凶手會躲在哪裡的那種、偵探劇裡的偵探會做的事。

或是像在做程式「除蟲」。找出程式無法順利運作的原因在哪裡，再提出假說，將所有可能性一一擊潰。剩下的地方就是出現故障的原因處。

和也和麻里分手後沒多久，就放棄了研究，進了一間軟體開發的公司。工作是責任制，所以除了有會議的日子，基本上是可以在家工作。就算有很多會要開，也可以在家透過網路線上見面開會。這種勞動方式，至少對和也來說很適合。

所以說，麻里到底在哪裡呢？

和也已經無計可施了，但是，他仍舊選擇繼續往前。

他已經鎖定了好幾個麻里「不在」的地方。這就和失敗的實驗一樣，自己正在往成功的路上靠近。只是，他所知道麻里不在的地方，也只不過是這地球上渺小的幾處地點。麻里就在他還沒找過的地方。

和也回到了駕駛座內。還好自己是夜間工作類型的人，所以還不睏。他決定在疲憊出現以前，先把從家裡帶出來的營養補充飲料喝下肚。

好甜。牛磺酸兩千毫克、維他命B群、無水咖啡因、天門冬胺酸鹽。糖分跟成分能安慰自己，喝了就會有精神。

接下來他該怎麼辦才好呢？

麻里應該在凌晨兩點半以前，都一直待在猿橋車站前。她在同一個地點待了一個小時左右。在這種連個人影都沒有的地方，實在是很難繼續乖乖待下去。只要是沒被鎖鍊束縛，那麼人就不會停止嘗試任何事。

所謂「嘗試任何事」之一，就像和也現在做的事一樣，「去大月車站看看」。徒步的話大約是三十分鐘。

除了來大月車站以外，在猿橋車站的麻里，還能做的其他事情。

該不會……

【全程馬拉松女子　30～34歲

各項目排名　10／180　參賽編號　3355 柳瀨麻里　總時間　3：36：40　綜合順位

46／1332】

搞不好是這個。

和也突然想起一種可能，便用關鍵字「柳瀨麻里　馬拉松」下去搜尋，結果就看見了她的名字。

在山梨縣舉辦的市民馬拉松的個別項目排名中，進入前十名的「柳瀨麻里」。還有其他像琦玉縣、神奈川縣的馬拉松大會上，也出現了相同的名字。時間是三小時三十六分到三小時五十二分。

在他們過去交往期間，麻里曾為了訓練肺活量而開始慢跑。

她應該是沒有參加過馬拉松大會才對……不過她原本就是一名運動員，如果想要挑戰新的事物，那麼考慮去跑馬拉松，或許也是一件極其自然的事。

游泳讓麻里鍛鍊出了肺活量，不僅心臟有力，她也很熟悉訓練的方式。就算她在短期間內，成功訓練到能跑完四小時的長跑也不足為奇。

這個柳瀨麻里，會是自己熟知的那個柳瀨麻里嗎？雖然他無法確信，但是這可能性很高。

名叫柳瀨麻里，又是介於三十歲到三十四歲的女性去跑馬拉松，至少他認識的人當中，就有這麼一人。

Polo 的引擎一下就發動了。

在沒有任何人煙的大月車站前，和也立刻加速駛出圓環，開進國道二〇號線。

麻里肯定打算從這條路一路跑回東京。

他希望她正在跑。

從這裡到國分寺車站的距離有六十二公里。用自己的腳跑的話未免也太遠了。但是對於跑過四十二公里的人來說，比起待在沒有任何人的猿橋車站，等待三個小時才發的首班車，直接用同樣時間跑回東京，感覺上還比較輕鬆不是嗎？

而在路途中，肯定也會在某處碰上中央線開往東京的首班車。因為中央線的鐵軌跟主幹道是緊鄰在一起，朝著東京而行。

與其乖乖待著，倒不如靠自己的力量打破這個僵局。

和也知道的柳瀨麻里，就是這樣的一個女人。

四十二公里用三小時半跑完，那麼她跑步的時速就是十二公里。如果她是在兩點半從猿橋車站出發，那麼三點半的現在，麻里最快應該也跑了十二公里左右。

而和也必須從大月車站，以時速六十公里的速度開車追上她。那他會在幾分鐘後的幾公里處追上她呢？

這是速率題型，也是小學算數的應用問題。使用人類和汽車的速率題型實驗，從此刻開始。

只要麻里靠自己的力量在公路上奔馳，那麼這個問題就一定會有解答。

廣播裡正播放著《廣播深夜信箱》，主持人緩慢的說話方式，也讓和也原本焦急的心情，得到了些許慰藉。

雖然心裡很急，但是他沒有必要加快速度。只要在直線上，利用馬拉松和車子的速度之差繼續開下去，他肯定就能追上麻里。只是麻里也必須沒有離開主幹道才行。

她也有可能離開主幹道，在途中轉往某個車站。和也並不曉得，麻里身上還存有多少體力。

筋疲力盡的她，有可能累到坐在路邊也說不定。為了不讓自己漏看，和也將速度降到能夠觀察道路兩旁的時速。要是遇上後方追上來的大卡車，他就把車子往左切，打方向燈讓對方先走。他不想加速，也不太理會後照鏡，他只想把全部的注意力，放在找尋麻里身上。

在靠近從猿橋啟程遇上的第二個車站，梁川車站時，和也決定繞進車站，確認一下麻里有沒有在這裡。

他沒有像前往猿橋車站或是大月車站那樣，下了車後，站在沒有人煙的站前，對著眼前景象感到絕望。就算她不在車站也沒關係。只要她不在車站，那便是在公路上奔跑。比起獨自坐在車站的麻里，和也比較想看見一心朝著東京方向奔跑的她。所以當他確定麻里不在車站時，反倒鬆了一口氣。

就在和也駛離四方津站，回到主幹道的時候，擋風玻璃上降下了雨滴。八月明明就快結束，卻在尾聲突然來一個猛烈暑氣。是因為這樣才導致強烈上升氣流的形成嗎？

希望不會越下越大，他只能在心裡祈禱。

麻里應該沒有帶傘吧？就算有帶，撐著傘跑在這種連盞路燈都沒有的山間小路，心情上肯定很絕望。

這一段道路只有一邊有步道，儘管馬路是有整修還算平坦，但是步道看起來好像有些高低差跟傾斜。這樣看來，如果要跑的話，馬路肯定遠比步道還要好跑。只不過，開車的人絕對不會想到，有人會在這時間跑在馬路上。也不知道麻里身上是否帶著容易辨識，或是顏色較為明亮的衣物。

沒事的。

麻里很強的。

她是一名運動員。

是一名馬拉松跑者。

和也這麼告訴自己。麻里的堅強，反倒讓擔心受挫的自己得到了鼓舞。

也不知道是不是因為和也開得很慢的關係，有好一陣子，和也前面沒有出現任何車輛，就連對向車道也是。

此時，左邊彎道深處，出現了久違的對向車。

對方的車頭燈照到和也擋風玻璃上的水珠，害他看不清前方視線。不知不覺雨勢也變大了。他趕緊鬆開油門，打開雨刷。

接著和也打開窗戶，將右手伸出車外。他感覺到自己的手，接連不斷地捉住好多顆雨滴。溼漉漉的肌膚，也逐漸奪去他的體溫。

他必須快點追到麻里。

焦急的心情湧上和也的心頭。但是由於下雨的關係，視野變得比先前還要差。要是開得比現在還快，他很有可能會不小心錯過麻里。

明明不久前，他還堅信著自己一定能找到麻里，現在卻快要被心中的不安給壓垮。

他又再次將雨刷速度調快。

雨勢變得越來越大，打在車頂上的雨聲也跟著增強。照這雨勢看來，要是沒有撐傘站在外頭，只需五分鐘就會全身溼透。

道路開始向左進入彎道。

在轉彎的時候，他必須確認前方，同時還得注意彎道外側，也就是對向車道的旁邊步道，有沒有人影在上面跑。

當和也將視線從外側轉到內側不久，在前方直線視野中，看見一抹黃色閃過。

一開始他以為那是路標。

只見它緩緩地上下跳動。

隨著和也越靠近，便發現反射著黃色光體的下方，同時閃著點點紅光。黃色的鞋跟也反射著光。

是人，有人在跑步！

有個背著背包的女人在跑步。

和也立刻按下喇叭。

對方像是嚇了一跳，隨後停在了原地。

在藍白大燈照射下的臉龐透露著害怕，臉頰上還沾著被雨淋溼的頭髮。

「麻里！」

和也把車停在路肩，同時大聲喊道。

「不敢相信……」

「別說了先上車！」

原本麻里還表示，如果不先把身體擦乾會讓副座弄溼。和也聽了便立刻壓著她的肩膀，將她推進車內。她的肩膀溫度，簡直冰到嚇人的程度。

和也一打開暖氣，車內的玻璃便跟著起霧。

雖然他試著調節空調的控制盤跟出風口，但在白霧開始消失前，看來還要等上一陣子。不過他也沒有必要急急忙忙地出發，等會兒只要送麻里回家就好。

「謝謝你。我還以為是神明大人呢。雖然你突然按喇叭嚇了我一跳，但我一看到車頭燈，就知道是和也的車。原來你還開著這輛車啊。」

麻里一邊說著，一邊將落在臉頰的溼髮勾回耳後。她的嘴唇呈現紫色。

「仔細想想，我已經有四年沒打電話給你了。畢竟我們決定不要再聯絡的時候，是在巴西舉辦世界杯足球賽的那一年。」

麻里話說得很快。

「妳不就是希望我來載妳，才打電話給我的嗎？」

有那麼一瞬間，麻里僅是掀了掀嘴唇，試圖嚥下即將脫口而出的話。

「我才說不出那麼不要臉的話呢。而且我也不是你的女友了。再說，如果是在高尾也就算了，我可是在猿橋耶。」

「如果是高尾，妳就打算叫我去載妳嗎？」

「因為我手機沒電了嘛。」

話題被她閃開了。

就在擋風玻璃上的霧氣散去之後，和也跟著打檔，緩緩啟動車子。

「妳何時離開猿橋的？」

「差不多兩點的時候。」

麻里下決斷的時間比和也想得還快。不過真要說的話，這也很像她的作風。

「在妳開始跑步以前，有在販賣機買罐裝咖啡嗎？」

「有，我想說，如果不攝取一點糖分就跑不了。你怎麼會知道？」

「妳不知道妳中獎又多了一罐咖啡嗎？」

「什麼？竟然是會中獎的機臺啊。說起來，當時有響起聖誕鈴聲，我還想說怎麼這麼奇怪，該不會那其實是中獎的音樂吧。」

「聖誕鈴聲？在夏天？」

「是不是很奇怪？」

「原來如此，我懂了。那是收購來的。」

「什麼收購來的？」

「飲料的自動販賣機有分借出跟收購的。大部分都是借出。在借出的情況下，借貸人只需提供設置地點及電費。不管是運送機臺設置，還是補貨、回收空罐、回收錢，都是交由業者來負責。而提供地點的借貸人，只抽取營業額中的百分之幾金額。雖然做法相對簡單，但利潤也很低。而收購的情況，指的就是想要設置自動販賣機的人，直接將販賣機買下來，所有事都由自己來負責。一開始是很花錢，而且也很麻煩，不過賺到的錢都會是自己的。一般借出大多是針對夏天販售，所以飲料也通通會是冷飲，不過那臺自動販賣機有賣熱飲對吧？也就代表它的所有者維持在冬天的設定，並沒有去變更它。」

「所以才會出現聖誕鈴聲嗎？」

「應該吧。」

「可是和也怎麼會這麼了解？」

「我現在的工作，是在開發飲料廠商的物流系統。透過網路連線，預測某處的販賣機，哪項產品銷售最好、哪裡的快要沒貨了，或是哪裡的快沒零錢之類的，然後再及時補充飲料，有效地調配卡車這類工作。」

「感覺你比在大學時還要開心。」

「我之前也沒想到，最近開始這麼覺得。」

「和也現在的笑容很棒哦。」

和也不知該做何回應。不過他也不用強迫自己回答。

「只是我的系統，沒有辦法連上被收購走的舊機型。」

「不過，天氣變冷就會想喝熱熱的飲料，能遇上這機型我已經是三生有幸了。」

「也多虧如此，那裡才會留有妳的中獎飲料，我也幫妳一起拿來了。」

和也指向車內置物箱中間的飲料架，上頭放著一個罐裝咖啡，以及喝到一半的寶特瓶飲料。

「對對就是這個。但你怎麼知道這是我的⁉」

「因為它還是溫的。」

「它已經冷了啊？」

儘管兩人的意思好像不太一樣，但和也也沒有多做解釋，麻里也沒有要求他說明。

「這個茶我可以喝嗎？」

「嗯，不過是我喝到一半的。」

「哎呀，討厭。間接接吻耶。那我懷孕的話該怎麼辦？」

相同的對話內容，過去的他們曾講過幾次呢？此時的麻里早已對著嘴，大口大口地喝下那瓶烏龍茶。

雨勢變小了。暖氣也變熱了，吹得臉都火熱熱的，於是和也便將中間的出風口風扇往下調。

「妳其實是想要我去載妳，才打電話給我的吧？」

有雨的味道。

是吹上麻里身上的暖風，跑來這裡了嗎？和也想道。

「我全身溼透了，我要換個衣服。」

麻里話才剛說完，她就熟稔地將副座椅背往後倒，接著脫掉鞋子爬了上去，順利地滑到後座。後頭放著裝有她換洗衣物的背包。

以前兩人兜風的時候，麻里也常說腳水腫、腰很酸之類的話，然後移動到後座，伸展她的手腳或是躺在後頭。

「我要換衣服你不准偷看哦。」

麻里從駕駛座與副駕間探出身體，伸手便把後照鏡轉向完全不同的方向。她那溼漉漉的身軀與和也隔著幾公分的距離，隨後又消失不見。

「妳換快一點，不然等下後方車子來了我就看不見了。」

他們的車子已經離開了一般道路，正準備上中央高速公路的相模湖交流道。

「討厭，那不是收費站嗎？這樣我會被看到啦。」

「沒事，我會走ＥＴＣ專用道。」

車內的溫度漸漸升高。原先想著肯定又累又冷的麻里，整個人也漸漸放鬆了下來。

「因為我臨時幫人又多代了一堂課，所以除了短襪以外，預先準備的另一套衣服也被我用掉了。不過比起全溼的衣服，這點程度還算能接受。鞋子也只要穿我放在練習室裡的就好，那雙鞋沒有被雨淋到。」

麻里拿著鞋子從後方來到副駕，她穿上新鞋，把自己在雨中奔跑淋溼的鞋子，放到後座腳踏墊上，隨後再把椅背調回原本的樣子。淡藍色的衣服手腕處，有個仿薩莫色雷斯的勝利女神標誌。

「對了，我要送妳到哪裡好？妳還住在那間公寓嗎？」

麻里沒有回他。

他們已經經過了八王子交流道。如果是國分寺的話，那他們就要在國立府中下高速公路。大概還有十分鐘左右。

雨已經停了。

現在車內已經沒有雨的味道，而是充滿著麻里淡淡的味道。

「妳今天也工作嗎？」

「沒有，我休假。你呢？」

「我工作，不過跟平常一樣下午才開始。」

接著兩人就再也沒有對話，車子也就這樣通過了國立府中交流道。麻里應該也看見了出口標誌。

「我想去有大浴池的地方。」

她指的是兩人初次外宿時，在房內所泡的特別「大浴池」。

天空漸漸亮起。

天亮了。

車子前往的方向，高樓林立。

原本跑在上頭的中央高速公路，直接變成首都高速公路四號線。

車子下了新宿出口，接著左轉。

新宿中央公園和都廳間沒有半輛車。

接著車子右轉，沒過多久就看見大天橋。

在大天橋前的十字路口處，無數個為了搭乘首班車的路人，站在一旁等待著紅綠燈。這是他們在這幾個小時中，第一次看見的人影。儘管是天亮累到不行，一群沉默、素昧平生的人群，光是有「人」在這件事，就讓和也打從心底有一種暖心的感覺。

車子穿過區役所前，從新宿棒球打擊練習場的轉角進入賓館街。

麻里也在此刻變得沉默寡言。

房內的門才剛關上，和也便立刻抱住了麻里。

「啊……我身上有汗臭味啦。」

麻里縮起肩膀，整個人變小一圈。

和也吻著麻里的脖子時，聞到了泳池的味道，過去的她也曾這麼縮著身子。這麼說起來，那天也很熱，是夏天即將結束、八月最後的星期五。

幾個小時前的麻里還在這個街區喝酒，現在和也再度將她帶了回來，讓他有種回到數年前的過去、同時又向前邁進一步的感覺。

在首班車準備發車的時刻，他們竟然會清醒地待在歌舞伎町，這對兩人來說，可是頭一遭呢。

第五話

夜晚的家族

澤木健太在等待的車內，光是聽見回來的低跟涼鞋聲，他便知道麻里亞正在生氣當中。

夜晚的熱氣，隨著粗魯地打開副駕車門的麻里亞，一同湧進了車內。

八月最後的星期五，路上行人的打扮混著夏裝和秋裝。

「真讓人火大。」

麻里亞身上散發著肥皂香味，當她一坐上副駕，便對著前方將怒火傾瀉而出。

「妳又遇到說教大叔了？」

「對，我又遇到了。」

說什麼『妳別一直做這種工作，應該要好好找份正當職業才對。』

明明是他自己用錢買女人，這種話輪得到他說嗎？」

為何男人總喜歡向從事特種行業，或是在酒店上班的女人說教呢？這是身處在這個世界的每一個人，都有的疑問。是因為用錢買女人玩樂這件事，讓自己心生愧疚，所以反而開始談論起在這社會裡「應該有的樣子」，藉此表示自己是個有良知的人嗎？還是說，對於自己做的事情懷有一種自卑感，所以才用這種上對下的方式講話，好讓心理可以取得平衡呢？

「他對我說：『或許妳有許多隱情，但腳踏實地地工作才是上策。如果妳爸媽知道妳在做這種工作，肯定會難過的。』怎麼又來了，我真的很想回他王八蛋！爸媽才讓我想哭呢。」

麻里亞的父親，在她上大學後不久，便欠了一屁股債，離家出走了。

原本是家庭主婦的母親，為了替父親償還那些債務，便開始從事了一些行政工作，但是時薪九百五十日圓，別說還錢了，就連日常生活都過得很勉強。還好父親把印鑑留在家中，母女倆便拜託身為代書的叔父幫忙，以父親的名義賣了老家及土地，才得以償還大半債務。

只是礙於現在的房子是租的，付完房租後，手邊剩下的錢也所剩無幾，無法支付麻里亞的大學學費。因此，麻里亞若想要大學畢業，就得靠自己來賺取學費。

在這個國家裡，要是父母不願意出學費，想單靠自己讀完大學幾乎是不可能的。剩下為數不多的選項就是特種行業。

而做到這種地步，也只是為了讓自己讀完大學，到底又是為了什麼呢？

這對高中一畢業就立刻開始工作的健太來說，他實在不懂大學的價值在哪。一路以來他也是努力地不去了解。想到自己的母親耗費了多大心力，才讓自己讀到高中畢業。他便能簡單地推論出，自己是沒有辦法上大學的。「對不起，沒有辦法讓你上大學。」面對母親動不動就會開口如此說道。他也越來越難待在母親身邊，便選在高中畢業的同時，離開了家中。

「沒有辦法借學貸嗎？」

第一次聽到麻里亞的事情時，健太曾這麼問道。

「被人擅自借走了。」

他不懂她的意思。

「我父親擅自以我的名義借了學貸。聽說，與其向銀行以創業資金的名義借錢，用學貸的名義借利息還比較低。可能也是銀行早就告訴他不會再借錢給他了吧。總之，那些匯進來的學貸錢，好像都被他通通拿來用在資金周轉上了。我是真的嚇了一跳，當我提出申請文件時，對方便告知我『妳已經請領過了』。他是以我的名義去借錢，不就代表將來我得償還這筆錢不是嗎？」

後來的麻里亞也立刻變成紅牌小姐，在星期五跟星期六的兩個晚上，就能招來四到五個客人。而且幾乎都是常客，兩個月前就先預約好。九十分鐘要價一萬八千日圓。六成由她拿走，剩下四成則是給店家抽走。

而「外送茶司機」的薪資，就是由那剩下的四成收入來支付。一天工作十小時，固定領一萬五千日圓。

麻里亞之所以能夠得到那麼多人指名預約，不僅僅是因為有人氣的關係，還有就是她決定好的日子就一定會排班。說到底，從事特種行業或是在酒店上班的人，大多是不守信用的人。特別是「外送服務」的工作，不管在肉體還是精神上都是很辛苦的，所以原則上是自由排班。客人當天會先在網路上確定排班情況，再做預約的動作。而麻里亞會事先決定好排班日，在那天也一定會出勤。

店裡面要是沒有女孩子也就無法營業。反之，只要有女孩子那便可營業。

所以會如期排班出勤的女孩，對店家來說，可謂求之不得的存在。而對於曾經光顧並且也很滿意的客人來說，要是能知道何時可以見到對方，那他們也就不用碰運氣，只需事前預約就好。而且只要跟那些客人說，自己很紅很多人都搶著上門，要是不預約就見不到，那麼他們就會主動去預約了。

麻里亞靠著自己，創造出良性的循環。

「要是滿意我的服務，下次記得再來找我哦。」

在**工作**結束的最後，麻里亞一定會這麼說。她會在那個當下得到客人的預約，然後等到客人預約的日子到來，再如期出勤。

或許她也有收到一些小費，但是店裡不會知道。他們只有將**小姐**送去指定的地點，在完事之後前往接回。這是沒有實體店鋪的「店」所提供的服務，在此期間，完全是專屬於客人跟小姐的時間。

至少表面上，像外送茶這種外派，雖然有提供性服務，卻不算是賣春。

儘管小姐與客人會面的地方，或許存在著**自由戀愛**下會有的某些行為，但只有店家在知情的狀況下，同時管理交易的金錢收支，才算是違法。所以健太他們的店，只管網站上載明的相關金錢消費，其餘一概不介入。畢竟他們只需讓女孩子拿多一點份數，便能藉此吸收大量的漂亮女孩加入，根本不必特意犯險就能撈上一筆。

「和自己女兒差不多年齡的女孩，維持著用錢買來的關係，不管是誰都會覺得心情複雜吧。所以四十歲以上的客人會變成說教老頭，也是理所當然的事。況且，那種會在心裡產生愧疚的人，對妳來說不是也比較安心嗎？」

同樣的內容健太不知道自己說了幾次。不只對麻里亞，就連對其他女孩也是。

「說得也是。」

她們尋求的並不是解決的辦法，而是能同意她們就好。就算不能全盤同意，至少也要做到不去反駁，靜靜地在一旁聽她們說。

健太在三年前成功考取駕照後，在運動報紙上看見「司機」這個職業，便來應徵了這份日領薪水的工作。

健太高中畢業之後，就只有在包吃包住的柏青哥店裡工作過，對於自己的體力也是一點自信也沒有。

一般徵才網站上找到的工作，如果沒有兼職，很難賺到一天一萬日圓以上。所以健太便想著，乾脆好好活用一下費了一番工夫才考到的駕照。

他在運動新聞的徵才廣告上，找到一個日領且薪資很不錯的工作。但上面就只有寫著「誠徵司機」，他現在的工作，就是裡頭的其中一篇徵才。

面試那天，店長幾乎沒看健太帶去的履歷，只確認了一下他的駕照就立刻僱用他了。而他的工作就是大家俗稱的「外送茶司機」，也就是以外送的形式，將小姐送去客人的所在地。

而他一開始在那裡被教導的觀念是——

「女孩們是能夠生財的重要商品。你的薪水也是那些女孩們儘管討厭，仍舊強迫自己忍耐賺來的。如果她們不說，你也不要過問她們的身世背景。不准反抗女孩們的話。她們說什麼，只要能夠做到都盡量去滿足。」最後是，現場可能會遇上的各種例外案例。

有些事情也是健太做了司機以後才知道的。

大部分的女孩子，其實都想有個人能聽聽自己的故事。只要能巧妙地引導她們說出來，分享完自身故事的女孩們，表情就會變得柔和許多。當健太發現到這件事時，他便開始覺得，自己從事的這份工作，或許是份還不賴的工作。

當他在待機地方等待的時候，看著那些女孩子，彼此聊得好像很開心。

但是一到健太車上變成兩人獨處時，她們就會露出不一樣的表情，有時憤怒、怨恨、絕望、放棄、挫折……這也讓健太了解到，她們是將負面的情緒藏在心裡，強顏歡笑地在過日子。要是人類無法找地方把這些情緒吐出來，肯定是活不下去的。

也有的女孩子會把賺來的錢拿去牛郎店消費玩樂。因為她們想要尋求一個願意聽自己說話的人。就算是只有限定此刻，也希望有一個人能重視自己。

儘管這是她們的工作，不過有人用金錢買自己、被人用價格來評價，便能讓她們確定自己在他人眼中，是個有價值的存在。

健太曾聽過有個女孩這樣告訴他，當時他笑著說：「所以妳只值一萬八千日圓嗎？」結果那女孩回他：「光是九十分鐘一萬八千日圓，一年下來可是有一億日圓哦。」

當然他也沒有吐槽她，一天二十四小時，不間斷、不休息地創造價值是不可能的。一想到她辛辛苦苦賺來的一億日圓，在這世界上，有些富豪只靠銀行利息就能得手，便讓人覺得有些鬱悶。

「真的很厲害呢。」

健太照店長教的那樣，肯定了她的話。

車子緩緩駛入一對對情侶來來往往的賓館街。

在歌舞伎町的賓館街，除了情侶以外，也有很多其他用路人。那裡可是在歌舞伎町生活的人，也會使用的一般道路。

那些情侶看來也不介意「當地人」的視線。不管是進賓館的情侶、要去超商的人、前往工作的人，都在相同的時間、地點，理所當然地和平共存。在這條街區裡，存在著各式各樣的生活方式、許多種類的工作、許多的生活時間帶、許多不同形式的愛，還有許多倫理。而大家也都是彼此和平共存。

走在前頭的一對男女，他們有可能是一對情侶，有可能是外遇的上司跟下屬，有可能是應召女郎跟客人，有可能是一對夫妻。走在一起的一對男人及女人，也有可能是情侶關係也說不定。

而開著車，載著副駕上年輕貌美的女孩，緩緩駛進賓館街的自己，既不是這女孩的戀人，也不是她的客人。

健太一開出職安通，便在一間超商前停下了車。

「妳需要補給糖分吧？」

「哇~小健，每次都麻煩你了，謝謝！我最喜歡你了。」

麻里亞的眼睛一下子亮了起來，其實健太比她還要年長，但是這裡的每個人都叫他小健。

「來，紅豆最中餅。」

「謝謝，畢竟我們也算是體力活嘛。」

這是他們的日常對話。兩人分別坐在駕駛座跟副駕，隔著玻璃一邊看著外頭夜色，一邊吃著用零錢買來的冰。

窗外並排著韓文招牌，道路的對面就是韓國城。

雖然店面數量比起韓流當紅時期減少許多，但現在仍有不少日本人會來這裡吃韓國料理。歌舞伎町是一個多國籍的街區，當然不僅止於國籍，還有各式各樣的人聚集在這裡，並且都被視為理所當然的存在。

「接下來是十二點半開始，對方是第一次預約的新客。」

麻里亞先前的指名預約被取消了，所以網路上的預約就跟著排了下去。

這是一份要跟素昧平生的男人，一起待在密室裡的工作。就算那些女孩子再怎麼習慣，還是不免會感到害怕。

「即便是討厭的客人，至少知道他的來歷，心情上也會比較輕鬆。」

麻里亞過去曾經說過，她會希望能在出勤日排滿預約自己的客人，以及依約出勤的原因，是因為她害怕到新的客人那裡。儘管如此，還是會有人像今天這樣臨時取消，而且如果不擴展新的客源，工作也就無法長久持續下去。

「沒事的。這是在 Rouge Hotel 的老房間。在開始前三十分鐘，我也會像往常一樣在附近待機，如果在這期間我不用去接送其他小姐，應該就會一直待著吧。追蹤器的電池也才剛換過。」

健太說的這些麻里亞都懂，不過重複這些話語，幫她們打氣、推她們一把，也是司機的工作。

「時間差不多了呢。」

麻里亞看著前方，微微地點了點頭，接著她把揉成一團的紅豆最中餅的包裝遞給健太。他接下之後，順手把自己的也一起塞進外套口袋，隨後打方向燈，準備啟動車子。

他重複了幾次左轉，將車子繞回了靖國通。然後從區役所路開進花道通的單行道，在一堆男公關的巨型看板附近停下了車。

「妳好好加油囉。電源應該有打開吧？」

「沒問題。」

麻里亞確認了一下包包裡。

裡頭藏有無線麥克風。這是為了保護女孩們的安全。最初的前三十分鐘，健太可以在車上聽到房間內容，也就是竊聽。如果狀況不對他就會撥打女孩們的手機，要是沒人接聽，就會被視為**緊急狀況**，那麼他就會採取下一步行動。

女孩們在接新客的時候，會先選擇有合作關係的賓館，借用裡面的幾間特定房間。此目的就是為了防止這類緊急狀況發生。房間雖然有很多間，不過無論是哪間房，都能保證停在外頭的外送司機，收得到房內傳來的訊號。

店家從那些女孩們的營業額中，收取四成的報酬，同時就得提供接送她們的服務，並保障她們的人身安全。

此刻的麻里亞，表情有點僵，只見她小小地揮了揮手，隨即下了車。

為了不引人注目，健太會把車停在稍微有點距離的地方，讓小姐自己走去客人等待的房間。

隨後健太便先一步開到賓館附近，然後在路邊「守候」。

〔我進去了。〕

音。

健太聽見麻里亞透過麥克風，小聲地呢喃道。接著他便打開接收器，開始錄

〔客人在四〇六號房等待。〕

〔謝謝。〕

健太聽見了麻里亞跟櫃檯的對話。櫃檯的人也知道房間是拿來做什麼用途。

電梯響起抵達麻里亞所在樓層的聲音。電梯門關起的聲音。到達樓層的聲音。

電梯門打開的聲音。最後是，敲門的聲音。

〔不好意思。〕

門打開的聲音。

〔晚安。感謝您今日的指……〕

聲音斷掉了。

接著是一段很長的沉默，電波都還收得到訊號。

健太的手機響起。

〔四〇六號房。〕

僅僅這麼一句話的電話。這是代表小姐有順利拿到錢，以及沒有遇上什麼問題的通知手續。藉由在客人眼前撥打電話，還能同時暗示對方，現在兩人所待的房

間，是受於某組織的**管理下**。

在這通電話之後，如果沒有發生什麼特別的問題，那麼客人就可以開始享受他所買下的等值服務。

話說回來，在麻里亞打電話來之前，健太完全沒有聽見任何對話。

客人是一句話也不說地把錢拿出來嗎？而麻里亞也是一句謝謝也沒回地收下了？

這不太可能。雖然那通電話已經告知了沒有異常狀況，但是感覺卻和平常不太一樣。

健太確認了一下接收器表示的訊號強度，為了不漏聽任何聲音，他又把耳朵裡的麥克風塞得更裡面。

他將音量放大。不知道是不是空調的聲音，裡頭傳出了嗡——的噪音。

接著是東西摩擦的聲音。看來她終於把包包放在房間的某處了。

〔為什麼妳會來這裡？〕

裡頭首次出現了男聲。

……麻里亞認識的人？健太想道。

又沒有聲音了，發生什麼事了？

〔不是你叫我來的嗎?〕
麻里亞的聲音像是勉強擠出來的。
〔我不是這個意思。所以現在到底是怎麼回事?〕
〔什麼叫現在是怎麼回事?這才是我要說的話吧?都是因為你的錯,我才來做這行的。〕
〔我確實因為資金問題,害妳吃苦了。可是妳還是可以選其他工作啊!〕
〔其他工作?你告訴我還有什麼工作可做?〕
〔就是……去超商打工之類的……〕
〔你覺得時薪一千日圓的工作,能讓我從大學畢業?〕
〔現在不是到處都有大學生在打工!〕
〔你知道上大學要花多少錢嗎?〕
〔我……〕
〔你知道對吧?沒關係,我再告訴你一次。學費一年要八十二萬三千四百日圓,設備使用費則是十八萬九千日圓。好,到這裡已經超過百萬日圓了呢。再來是書籍費、定期月票費,光是去大學通車,每個月就要花上十萬日圓以上。如果我時薪只有一千日圓,每天打工五小時,那要二十天才能存到十萬日圓耶。要是這樣打工我根本無法讀書，報告也寫不了，更別說是畢業論文了。對大學生來說，十萬日圓可是鉅款耶。所以你告訴我啊，這樣我到底要怎樣才能從大學畢業？〕

麻里亞那竭盡所能、語帶諷刺的語氣，可以聽得出她拚命在壓抑自己的感情。

〔紀子……〕

那男的喊了一聲「紀子」。所以這是她真正的名字嗎？

〔我不是紀子，我叫做麻里亞。感謝客人您今日找我來此，我因為家庭因素，不得不出來自力賺錢，好讓自己能完成大學學業。客人您支付給我的錢，對我來說可是非常重要的錢。〕

〔紀子……〕

又陷入了一段漫長的沉默。

健太一邊用力壓著耳機，一邊屏息以待，為的就是不聽漏半句話。他覺得口好渴，至今為止從未有過的感受，正在他的心中翻騰著。

〔店裡的人應該在電話裡事先告知過了，還請您先預付一萬八千日圓。〕

〔妳夠了吧。〕

〔什麼叫我夠了！〕

麻里亞大聲喊叫的聲音，在接收器中整個走調。

〔是你叫我來的耶？請你趕快付錢。在這九十分鐘內，你想要我為你怎麼服務都行，這就是我的工作。〕

耳機內傳來衣服摩擦的聲音。麻里亞打算把衣服脫掉。

〔想要全套就再追加十萬日圓，絕對保密。快啊，用十萬日圓就可以跟你真正的女兒上床，很便宜吧？要是你支付我十萬日圓跟我上床的話，那麼我到月底以前，都不用接這個工作了。要是不喜歡跟自己女兒上床，那就趁這機會，跟我斷絕親子關係吧？這樣一來，就可以跟和女兒年齡相仿的女孩上床了。〕

〔夠了！紀子，別鬧了。〕

男人的聲音靠近。

耳機傳來好大一聲包包被翻動的聲音，接著接收器的訊號便斷了。

怎麼辦，他現在應該闖進房間內嗎？

她應該不是真的要跟自己的父親上床吧？那男的應該也不會真的對自己的女兒出手吧？儘管心裡是這麼認為，但健太腦中仍舊浮現不祥的畫面。

他將接收器放進口袋，接著下車，走到了馬路上。

四〇六號房大概是在哪邊啊。為了讓接收器能收到訊號，客人跟小姐使用的房間都會面向馬路，並且和一般賓館不同，往上看就會發現每扇窗戶都是由裡頭上鎖，就連燈光都透不出來。

為什麼她要自己關掉追蹤器呢？

如果是自己的親生父親，應該不會有被施暴的危險吧？不對……健太立刻就對這判斷失去了自信。

是麻里亞不想讓健太聽到他們的對話。儘管如此，自己是不是應該介入一下會比較好？

一對從緩坡走來的情侶，為了避開健太，選擇往對向馬路通過。

也不知道過了多久時間，好像只是一下子，也好像過了很久。健太又一次回到了駕駛座。

他應該跟店裡的人聯絡一下比較好嗎？

這麼一來，**附近的人**就會闖進房間，那個男人就會被攆出去。麻里亞會把那是她父親的事情說出來嗎？如果說他只是一個不遵守規則的客人，那他很有可能會被毆打，根據不同情況下場還會很慘。

現在房內發生了不尋常的情況，但是麻里亞卻自己把防身的追蹤器關了。她是打算在房間做什麼？裡頭發生了什麼事呢？

她正在責罵自己的父親嗎？

那男的會怎麼做？

為何麻里亞的父親要離家出走？為何會欠下一屁股債？他所謂的生意失敗是指什麼？對於要了解這男人的為人，健太所擁有的訊息量實在是太少了。

以賣淫少女和客人的身分，在密室裡不小心相遇的女兒跟父親。

男人留下了妻小落跑，讓母女倆替他擦屁股。女兒也只好自力更生地想盡辦法從大學畢業。

這樣的父親，會是一個怎樣的男人呢？

或許是不適合創業，一個優柔寡斷類型的男人也說不定。還是說，是一個會吃喝嫖賭的人？又或是一個狡猾的人？

不知不覺間，健太對她的父親產生一種義憤填胸的心情。

他現在才覺得，讓自己女兒從事這種**工作**的父親很可恨。

透過接收器聽到的那一點點對話方式。

就像是來自宇宙彼方傳來的電波一般，健太試圖藉由這一點點訊息，勾勒出麻里亞父親的全體形象，但是卻不太順利。有的僅是沒有臉、只有人聲還有一具軀體的人偶。

他感到很心痛。

接著他發現自己還按著耳機，便緩緩地鬆開手，回到了車子上。時速表的下方時間，表示現在是凌晨零點五十四分。再過不久，麻里亞進房間就要超過三十分鐘了。

搞不好其實兩人現在正為了久違的父女重逢，開心地彼此寒暄呢？要是三十分鐘後都沒有出現異狀，健太就得轉去接其他小姐了。

「那個……不好意思，是我澤木。我看車子好像出現了油表警告的標示，如果要去接早苗小姐，澀谷離這裡距離會有點遠，我想找其他人替我去接可能會比較好……是、那個……對，不好意思麻煩了。如果麻里亞小姐結束後還沒修好的話，我會請她坐計程車回去，這樣應該可以吧？好的。那部分不用擔心。我有在汽修工廠工作過，如果只是簡單的問題我能修得好。」

健太根本沒有在汽修工廠工作過，履歷上也沒寫。

總而言之，他成功爭取到了一些時間。只是他仍然想不到自己應該怎麼做才好。儘管如此，他還是無法就這麼離開這個地方。

從事司機這份工作，也讓健太遇過不少麻煩事。他曾經遇到小姐被客人要求換人，結果哭得希里嘩啦，當下也只能想辦法安慰對方。因為他很清楚，對於那些靠著肉體賺錢過活的小姐們而言，被要求換人也就意味著自身被全盤否定了一樣。雖然這很心酸，但是既然這個工作的運作方式，是以滿足客人以換取金錢為目的，那麼這種事自然是無法避免。就算傷到了自尊，她們也只能克服，硬挺過去。

女孩們當然也都深知這點，只是儘管知道，當自己要去接受時，還是得需要一些過程，以及花上不少時間。

畢竟就連上了好幾個封面雜誌的頂尖模特兒，或是賣了幾百萬CD的偶像，都不可能會有一億的人全是她們的粉絲，全都想要跟她們握手。健太當時就是這麼一面說著，一面搬出之前從閒聊當中，打聽出對方喜歡的藝人名字，並同時安慰她，沒有任何人能夠讓所有人都喜歡的。

「所以就算有一個非常漂亮、像模特兒的人對小健示好，你也會跟對方說，『妳不是我的菜』然後拒絕對方嗎？」當健太被她這麼問及時，他會以這樣的方式回道：「那是當然的啊。因為我喜歡櫻勝過潔西卡嘛。」即使自己真的在哪遇上了這樣的美女，要是對方一誘惑，肯定會被迷得神魂顛倒，他仍會這麼回答。

「那小健，你跟我上床。」

當被客人要求換人的櫻，自暴自棄地這麼對健太說時，儘管其中可能有幾分認真，健太還是會回道：「櫻小姐是專業的人，怎麼能免費讓妳跟不喜歡的人上床呢？」聽完這番話的櫻，表情也瞬間柔和了下來。「說得也是，小健真的很溫柔呢。」恢復心情的櫻會這麼說道。

自己的工作是將女孩子送去提供性服務的地方，這實在不是一個可以抬頭挺胸告訴別人的事。不過能在這種時候，讓女孩們打起精神、繼續努力過活的自己，好像也起了一點作用。這也讓健太開始覺得，其實這份工作也沒有壞到哪裡去。

但是今天晚上，這個時候的自己，到底該怎麼做才好呢？

以結果來說，這一路以來，健太也自認幫助過女孩們很多次，但是此時此刻，在四〇六號房內的麻里亞所遇上的情況實在太過沉重。他不知道自己該怎麼辦才好。

已過了四十五分鐘。

【我在路旁等妳，如果遇上什麼麻煩就叫我，我會隨時去救妳。】

健太傳了封訊息給麻里亞。儘管他也不知道自己該怎麼做才能幫到她，總而言之，他就是想告訴麻里亞，有人就在自己身旁，並且願意幫助她。傳完訊息之後，健太這才發現，自己對她用了工作以外的說話方式。

「如果遇上什麼麻煩就叫我」，他看著自己送出去的文字，感覺自己像是在逞英雄一樣，突然害羞了起來。

接收器還是依然沒有訊號，窗戶內的燈光也依舊是被遮蔽的狀態。

他看見 Rouge Hotel 對面的賓館走出一個女人。

她就站在出入口，左右看了一眼後，隨即快步離去。門口的燈飾太亮，讓他看不清對方的臉。包包在女人單手抓著肩帶下，隨之搖晃。當她經過駕駛座時，健太才發現她用另一隻手壓著襯衫領口。看來是襯衫鈕子掉了好幾顆的樣子。

真是討厭的夜晚，讓人心神不寧。

也不知道自己抬頭看向麻里亞所待的 Rouge Hotel 幾次了。

他已經失去了主動的機會。

原本為了讓自己靜下心來，而打開收聽的音樂廣播節目，不知何時變成了大聲暢聊的搞笑藝人的聲音。

健太把廣播關掉後，這次又變成了寂靜讓他感到難受。隨後他便把一邊車窗放下。透過打開的車窗，人聲跟車聲便從各自的距離傳到了車內，就像岸邊的波浪一樣，沁人心脾。也像波浪一樣，擾亂人心。

健太應該已經習慣了等待才對。他在工作的時候，幾乎都在等待。但是對於現在只能等待的自己來說，他從未像此刻一樣，如此地心煩意亂。

他真的待不下去了。

健太走下車，打算走去賓館。

他並不是因為想好了去那裡可以幹麼，只是因為自己實在是待不住了。

他站在車子旁邊，鎖上車門，接著做了一個深呼吸之後，前往賓館。

健太的心臟跳得很大聲，就和他生平第一次走進賓館門內的時候一樣。

「小健！」

就在他還差幾步就要走進賓館的時候，麻里亞人已出現在大門外。

她就站在那裡，臉上露出了一瞬間的驚訝，但很快又換上嚴肅的表情，陷入沉默。

「麻里……」

健太名字才喊到一半，麻里亞的表情馬上跟著崩潰。

他立刻接住衝向自己懷中的麻里亞。

麻里亞把頭埋在健太的鎖骨附近，發出了嗚咽聲。只見聲音越來越大，最後變成了明顯的哭泣聲。

健太能感受到，身後的路人一邊將視線投向他們，一邊默默通過。

麻里亞就站在賓館街的正中央放聲大哭，為了擋住路人的視線，健太便伸手將她抱進懷中。

他不知道自己該怎麼辦才好。

健太抱著麻里亞，完全沒有任何頭緒，只能任由她將內心發洩出來，周遭經過的路人視線，通通都聚集在他們兩人身上。

在此情此景下，麻里亞看起來又更為可憐，讓健太下意識地將她圈得更緊。也不知道兩人就這樣抱了多久，時間久到健太以為會不會就這樣抱到永遠。

健太從一字領的領口，偷看著她的脖子、肩膀和下巴，有一股甜美的香氣，伴隨著微微的熱氣。這是他第一次如此近距離地聞到麻里亞的味道。這比她坐在副駕時的氣味，還要具有野性的感覺。

在麻里亞主動詢問要不要分開身體以前，健太只知道，自己打算什麼也不說、什麼也不做。他不知道在那間房間裡，到底發生了什麼事。就算知道了，他也想不到自己能說些什麼。

關於人生，也不是總有解決的辦法。就算沒有解決的辦法，人還是得在今日活下去。

「對不起。」

離開健太身體的麻里亞低著頭喃喃道。

「我們回車上吧？」

聽見健太這麼說，麻里亞也默默地點了點頭。

他像出租汽車的司機那樣，替麻里亞打開了副駕的車門。

儘管健太回到了駕駛座，仍舊是一句話也說不出來。

「辛苦了。」

他打算像往常小姐結束工作那樣對應。

車外的街景就和平時一樣。

「我報仇了。當我打算在他面前脫衣服的時候，他整個人嚇到慌了手腳。我想讓那傢伙知道，這就是他自己做過的事，以及嘗試想要做的事情的後果。」

這句話沒有絲毫抑揚頓挫，她人也不再哭了。

健太坐在駕駛座上盯向前方，盡量不去看麻里亞的臉。

一輛車頂裝上警示燈的巡邏警車開了過去。原本走在路上的好幾對情侶，也一一消失在視線內的賓館中。

「我想要大肆玩樂一下。」

麻里亞的表情僵硬，和她嘴裡說的話完全不同。

「我要把這些全部花光。小健，你陪我吧。今天我請客。」

「妳說的這些……」

麻里亞的手中，握有好幾張一萬日圓紙鈔。

「該不會——」

「這裡有八萬日圓。那傢伙明明是欠了一屁股債才落跑的，錢包裡卻意外有錢。我只留給他一千日圓和一點零錢讓他搭電車回去。」

她一直盯著前方。

「這就算今天的『收入』了。」

「今天沒關係，店裡那邊我稍微解釋一下就好。」

「他們知道我已經進了房間，要是沒有被換掉你也不好解釋吧。如果店裡沒有收到錢，他們會覺得是你『抽走』了哦。」

她說的確實沒錯。

「我可是專業的。不管對方是誰，既然都被指名叫進賓館裡了，那我就一定會拿到錢。」

「妳沒有跟他上床吧？」

健太的聲音下意識地變小。

「我身上有肥皂的味道嗎？」

健太搖頭。

他回想了一下，麻里亞剛才在自己懷中的味道。
小姐們在結束交易後，一定會洗完澡再出來。而麻里亞身上，並沒有「那種」味道。他現在才意識到這件事，那原本堵在胸口的東西也跟著化掉了。
「小健，開車吧。等一下那傢伙就出來了，我不想再看見他。」
健太打開了車頭燈。
「妳要我送妳去哪呢？」
接著發動車子。
「你就帶我去哪裡玩玩吧。我想去牛郎店之類的地方，好好地揮霍享受一下。」
「如果是牛郎店的話，第一次去一人只要五千日圓即可，但如果是想『盡情享受』，八萬日圓根本不夠用哦。」
此時路旁剛好排著一整列男公關的大型宣傳照看板。
「小健還真瞭解。」
「我以前有在那裡工作過，只要成為第一紅牌，店裡就會幫你做出那種看板。我之前差點不小心就要成為第一名，嚇得我趕快辭去工作。」
「騙人！為什麼？」
「要是我的臉出現在看板上，就會被我父母發現啊。」

「你騙我吧～」

「哈哈哈，我是騙妳的。」

「小健的父母知道你在做外送茶司機的事嗎？」

「他們怎麼可能會知道。」

「果然說不出口呢。」

「我只有跟他們說我在當司機。」

「你也沒有騙人嘛。」

「我們家早就分崩離析了。我父母很久以前就離婚，我是跟著我母親，高中畢業後我便離開了家裡。」

「為什麼？」

「我母親一直說，都是因為她離婚所以才害我們變得這麼窮。我雖然很感謝她，但同時也覺得很煩。她都會一直跟我說，對不起無法供你讀大學，聽到我後來都反感了。」

「你母親很愛你呢。」

「應該吧。可是如果就這樣放著不管，感覺她好像這一生都會在道歉中度過。我覺得或許我們各自為自己生活打拚，對彼此也會比較好，所以我才會以半離家出走的方式，離開了老家。」

「……」

「剛開始離開家的時候，我也沒有住的地方，所以就找了一個包吃包住的柏青哥店員工作。因為我也沒有學歷，就想說乾脆來考個證照，後來拿到駕照之後做的工作，就是這個。」

「感覺我好像第一次聽小健你講自己的事。」

「大家都有各自的苦衷呀。」

「真的是各自都有呢。像是買春買到自己親生女兒之類的。」

麻里亞似乎心情恢復不少，有餘裕可以開玩笑了，只是健太也實在是笑不出來。

「你沒有去見你母親嗎？」

「一年一次。啊、我的故事不重要啦。來聊聊開心的事吧。我想想……像是，去打保齡球如何?搞不好可以讓妳發洩一下。」

「抱歉，我對保齡球還好。那是只有打得好的人才會覺得爽快吧。再說，能收到恭喜的時刻，就只有在打出全倒的時候，大部分的時間，大家都是在拿球瞄準邊邊剩下的球瓶，一想到那畫面我就胃痛。因為丟出去的球，感覺就像是在收拾大部分的人生殘局。要是失敗了，就會掉進溝裡，再也回不了球道。不然就是儘管還在球道上，卻朝向什麼都沒有的地方，白白丟了球過去，感覺又更難受了。」

就像在收拾人生殘局一樣，感覺又更難受了。

麻里亞會在未來的某天，說出「就像人生一樣很有趣」或是「像人生一樣在發光」這種話嗎？雖然健太自己的人生，也說不上多燦爛就是了。

「我想到一個不錯的點子了。」

就在車子開到區役所路時，健太便將方向盤轉向。

「咦？什麼？怎麼了？」

「等等妳就知道了。」

「咦？討厭，小健你幹麼一臉開心的樣子，是什麼啦？」

健太沒有回答。

他將車子開進坡道左側的臨時停車場。停車場內被燈光照得熠熠生輝。

「我們稍微走一下吧，就在旁邊。」

「你等我一下，我先補個妝，我現在這樣沒有辦法走在路上。」

說完，她便從包包裡拿出化妝包來，接著開始照起小鏡子。

這麼說起來，她的臉還是剛哭完的樣子。

「我得先打個電話。」

健太向麻里亞拋下這麼一句話後，人便走到車外。真危險，他差點忘記了。

「喂？是我澤木。麻里亞小姐已經結束了。車子？啊、對的，車子沒錯，已經修好了，稍微費了一點工夫。我等等就會將麻里亞小姐送回去，今天就到這裡收工沒問題吧？好的，麻煩你了。車子會在早上以前，開回平時停的停車場。」

「車子之前有壞嗎？」

健太剛掛掉電話，麻里亞就站在他的面前。

只是補個妝，整個人看起來就變得有精神多了。看來化妝這件事，本身就帶有自我療癒的功效呢。還是說，有這效果的其實是鏡子呢？搞不好女人其實很容易就能變成「稍微不同的自己」。不對，只要有化妝就連男的也行。

「嗯，出了一點狀況，不過已經沒事了，不用擔心。」

這句話就像是健太在說給自己聽一樣。

「那我們走吧，就在旁邊。」

眼前是一大片綠色安全網，在燈光照耀下，聳立在夜晚的歌舞伎町之中。

「咦？什麼？棒球打擊場？」

「盡全力揮棒的感覺很爽快哦。」

「哇——感覺不錯耶。我之前一直想來看看，好酷哦。我終於也有機會來這裡了。」

麻里亞的聲音充滿了雀躍。

至少她表面看起來非常興奮，跟著健太踩了幾步階梯後，一同前往入口處。

兩人將一千日圓紙鈔換成硬幣，隨後借了球棒。他們為了決定打擊區，便從頭到尾大致看了一圈。

「這裡也有女生呢。」

有一名赤腳女子，正站在擊球區裡。

只見一顆白球從安全網對面的白色圈洞飛了出來，女子一個漂亮揮棒，便將球打了回去。空氣中迴盪著金屬聲，打出去的高飛球也直直地衝向正前方的網子，隨後被攔下。

「好帥！」

兩球、三球的清脆聲連續響起。每當她擊出一次，小腿肚的肌肉便也跟著躍動。

她是有經驗的人。

「我也想要快點打。」

健太隨即制止了麻里亞，她本來打算進去那名女子旁邊的打擊區。

「那裡妳不行，妳要來這。」

對於完全沒有經驗的麻里亞來說，球速一百公里根本不可能打得到。

健太牽著麻里亞的手，帶她前往最邊邊，球速七十公里的打擊區。她也在那裡脫下了她的低跟涼鞋。

「光著腳踩著地面很舒服呢，有種活在這片土地上的感覺。」

她所站著的土地，是混凝土上的人工草皮。

麻里亞站在打擊區上，健太則站在她的身後教她怎麼打擊。他在中學時期曾經是棒球隊的，不過父母離婚之後他也跟著轉學，之後便沒再打了。

首先，把腳打開，稍微超過肩膀的寬度。

健太將麻里亞的手放在棒球握把的地方，上下相隔一顆拳頭的距離。

姿勢像是這樣，然後靠在右肩上，妳揮一次試試。健太說道。球棒再跟地面保持平行一點，很好。這樣大概就可以了。在球來之前就要揮棒。球會從正面那個洞口出來，所以妳得仔細盯著。從左肩往外揮，在球棒擊中球的瞬間，妳都不能漏看球。這樣肯定能打得到。只要相信自己，絕對會打中的。

「好！那我就來試試吧！」

「嗯，加油！」

麻里亞在綠色的盒子裡，投入了三枚一百日圓的硬幣。

稍微等了一會後，第一顆球飛了出來。

揮棒落空。

之後連續四顆球都沒有打中。

「可惡這渾蛋。」

而第五顆球，在麻里亞喊出聲音後，打成了擦棒，最後是落在她的身後。

「妳看，打中了！還差一點。妳要緊盯著球，要一直緊盯到最後！」

第六顆，揮棒落空。第七顆、第八顆也是揮棒落空。第九顆則是擦棒界外。

第十顆，直球！就這麼突然擊出了一顆直球出去。

白球描繪出漂亮的軌道，擊中了網子。

「很棒哦，就是要照這感覺。」

揮棒落空、滾地球、擦棒界外、揮棒落空，儘管大多是如此，但有時也會隨著清脆聲響起，球也跟著高飛出去。每當球飛出去的時候，兩人就會一起歡呼。

當二十六球都打完後，麻里亞便喘吁吁地露出些許滿意且爽朗的笑容，跟著走出打擊區。

「辛苦了。」

「這真的很好玩，有趣到讓我的人生也變得快樂許多。」

「太誇張了，有到那種地步嗎？」

「我喜歡專注在每一顆飛來的球的感覺。就算揮棒落空，也就這樣結束了不是嗎？因為下一顆球馬上就會緊接而來。儘管前一顆球沒打中，但接著要面對的是下一顆球，因此前面的球也就沒那麼重要了。就算揮棒落空好幾次也沒關係，因為下一次又會飛來新的球，這代表失敗也不會造成什麼影響。我只要想著如何打中下一顆飛來的球就好。像這種思考方式，在人生裡幾乎沒有。有也大概是在棒球打擊場這裡吧。」

雖然健太不是很懂她想表達的意思，但內心有種被打動到的感覺。

「我去洗一下腳。」

麻里亞也沒等健太回答，便將她的低跟涼鞋高高拎起，轉身前往廁所前的洗手臺。她悠閒走路的姿態，就像伸展臺上的模特兒一樣。雖然健太在電影裡看過做出這樣動作的女人，但是親眼看見可是頭一遭。

沒過多久，麻里亞便穿著她的銀色涼鞋回來了。

「肚子餓了呢。」

她說話的語氣，彷彿從未想過健太有可能會不同意一樣。

健太先在靖國通前的家庭餐廳，將麻里亞放下來後，便把車開回跟「店裡」有合作的停車場，隨後才前往家庭餐廳與她會合。要是被人看見，自己跟應該已經送回去的麻里亞出現在停車場，那可就糟了。

「小健也終於可以喝酒了，一起來乾杯吧。」

健太很高興自己讓麻里亞恢復了精神，只是在他看來，麻里亞有一種刻意表現自己很好沒事的感覺。總而言之，跟平時的麻里亞不同。

「謝謝你的照顧～」

「辛苦了～」

兩人的酒杯碰在一塊。

「喝到黎明的咖啡，有種情色的感覺，但是如果說是喝到黎明的啤酒，就覺得完全是深夜勞動者，終於結束工作的感覺呢。」

麻里亞一邊說著，一邊偷偷觀察健太的表情。

總覺得今天晚上好長，而這樣的漫漫長夜也即將要黎明了。

健太一邊看著窗外，一邊感受著冰涼的啤酒通過喉嚨。

他喜歡這時候的新宿。

夜晚開始時，激昂到無處可去的能量，在接近清晨逐漸平息，一直到破曉，整個城市的力量也跟著被掏空。

麻里亞的嘴裡塞滿了披薩，只見她用小小的舌頭，靈活地將牽絲的起司吃進嘴裡。健太一時看得入迷，不小心便和麻里亞對上了眼，害得他連忙將視線別開。這時的他，注意到坐在另一桌的一對中年男女。

啊。

他望著那名身穿黑色 Polo 衫的女人背影。

「你在看什麼？」

「沒事，什麼都沒有。我只是在想，待在這個街區度過夜晚的人，真的是怎樣的類型都有啊。」

「有很多各式各樣的人感覺很棒對吧。如果是在大學，我根本無法跟別人說自己從事這份工作，我也沒有把這件事當成祕密，可是心裡就是會有種卡卡的感覺。不過啊，當我來到歌舞伎町才發現，比我更慘的人多的是，還有很多有難言之隱，無法向人訴說的人。也因為這裡沒有什麼是『理所當然』，又或是『一般來說』的這類規定，所以待在這邊就像是有神明在對自己說，『你也可以那樣活下去』的感覺。這樣想想就會覺得，自己的生存方式，其實也沒有那麼不堪了。」

「為什麼妳會想要繼續讀大學呢？」
「因為我想要成為一個，隨時都可以靠自己開創人生的人。」
窗外的天色已經亮了。
首班車也準備要發車了。窗外站著一群等待著紅綠燈，準備前往車站的人們。
餐廳內的人也一個個前去結帳。
生活在白天的人們，也要開始他們的星期六了。

那天傍晚，澤木健太從新宿南口附近的某間公寓十四樓，乘坐電梯下樓。
從JR新宿車站的月臺出站，會根據選擇的出口不同，城市風貌也會大不相同。
如果是從西口走地下通道再來到地面，會接到高級飯店、商辦大樓，以及東京都廳等，一堆大樓互相競高的高樓林立區，除了早晨跟傍晚的通勤時間以外，人煙可是驚人的稀少。路上的人只要一被那些高樓建築吸入，大部分的人沒到下班時間，是不會走出那些建築物的。然後從黃昏開始到夜晚時分，人群又會像一列列螞蟻般，再度開始移動，前往車站。到了深夜就會變成整座空蕩的街區。
而另外一頭，出了東口之後稍微往北走，即是有東洋第一美名的娛樂街區、歌舞伎町。

在歌舞伎町內，只要走個約五十公尺的距離，大街小巷的招牌數量，就多到能輕鬆超越整個廣大西口區的全部招牌。無數間的店家招牌，將地面到頂樓的空間通通擠滿。

走在街道上的行人，對於這些無數的店家，幾乎一輩子都不會走進去一次。只有些許店家，是屬於某個人的專屬領地。

不過相對的，不同店家就會有不同客群。

儘管待在同個街區，人們幾乎都不太有交集。

在互不往來的情況下，彼此醞釀出街區的獨特氛圍，然後在街區的保護中，度過各自的時間。

在西口的商辦大樓裡，白天擠滿人群，在歌舞伎町這兒，便是大型垃圾被收走的時間。等到西口大樓將人群吐出的時刻，歌舞伎町的小巷和店家又會被這些人潮填滿。

會去西口辦事的也僅限於少數人，對於那些沒事不會去西口的人來說，那裡只不過是布滿冰冷大樓的水泥街道。

雖說歌舞伎町能提供大多數人的需求，不過還是會有人對於這街區的氛圍，產生排斥感。

高樓林立的西口，擁有歌舞伎町的東口，相較於這兩個出口，南口就比較新也相對乾淨，少了新宿的感覺，卻多了一份讓任何人都感到友善的氛圍。

百貨公司樓上的美食街，感覺就很適合許久沒見的家庭在那裡聚會。

健太和母親大約一個月一到兩次，用郵件來聯絡彼此。

【差不多到了想吃鰻魚的時節了，你會願意陪我去吃嗎？】

昨天健太收到這封訊息。

一起吃鰻魚是他們母子每年的慣例。

過去健太跟爸媽三人還在一起生活的時候，從來沒有在家裡一起吃過鰻魚。只有健太上中學的時候，為了慶祝他入學，全家一起外出去鰻魚店吃鰻魚，自從那次之後，父母親的關係就開始變糟，一家人也就沒有在外一起吃飯了。

母親表示她預約好的地方，就是在這裡。他們每次吃的店都不同。

健太從門簾下穿過。那是一個未經漂白的布料，上頭用著黑墨寫有「鰻魚」二字的門簾。

「我有預約，名字應該是八神。」

母親離婚之後就改回了原本的姓氏。

身穿和服的店員，將健太領到窗邊一個半開放式的包廂內，母親已在裡頭等待多時。母親身上穿的，是她以前出門就一定會穿的連身裙。

「妳看起來滿有精神的。」

也不知道是不是窗外日照的關係，母親的臉色看起來明亮了許多。

「你是不是有點疲憊呀？」

「媽，妳老是愛說別人看起來疲憊。但活在這個世上的人，多少都會有些疲憊呀。」

這段回應有些生澀，是平常沒有一起度過日常，也不會深入對方生活的對話。就連鮮少互傳的訊息，也都只有很熱、很冷、雨一直下之類的內容。

「我是因為覺得讓你這麼辛苦真的很抱歉，才會這麼說的啊。」

「我已經二十五歲了。從我高中畢業開始工作，也已經過了七年了。說什麼讓我辛苦了，妳可不可以不要再表現得一副監護人的樣子啊。」

健太只要一和母親對話，就會覺得心情煩躁。她從十年前就一直將自己的兒子，視為自己離婚下的受害人。

「先別說這個了。媽，妳有喜歡的人嗎？」

「沒有啊。」

她倒是否定得挺快的，健太心想。

「我今天早上看見一個跟妳很像的人，在跟一個男人吃飯。」

明明光靠背影就猜到，但是卻沒有靠近去確認的原因，是因為他不想節外生枝地去擾亂麻里亞的心，而且今天也和母親約好了要見面。

「你也在那家店嗎？怎麼不來跟我說一聲呢？」

母親嚇了一跳，接著又轉為一臉複雜的神情。

「那個人是我工作地方的同事。聽說他以前曾在很厲害的公司裡工作過，而且還長期待在國外。」

「妳的工作不是大樓清潔人員嗎？早上五點跟工作的同事吃飯？」

健太並沒有責怪母親的意思，母親在二十歲時懷孕，後來便生下自己、養育自己。健太反倒還覺得，四十五歲的母親有了另一半，對她來說也是一件好事。

「是啊，是清掃的工作沒錯。比起白天，晚上的班還比較多。昨天也是輪到晚上的工作，我們是工作結束後一起吃早餐的。」

健太並不訝異。清掃工作之外的事情他也是第一次聽說，不過晚上工作的人其實滿多的，就連自己也是其中一員。

「你們很常一起吃飯嗎？」

「今天是他第一次約我。」

「妳看起來很開心。」

「當然開心啦。先不管對方是怎麼想的，被人約吃飯多少都會有些開心吧。畢竟已經很久沒人約我了。」

「那真是太好了。」

第一次約會選在家庭餐廳，但母親並未生氣還覺得開心，這或許就是她的個性吧。

之後兩人又陸續聊了一些沒什麼重點的內容。

像是空調壞了修理要花錢，乾脆換新的還比較划算，還有大雨造成的災情，最近的電視節目變得不有趣了，綜藝節目請來的都是搞笑藝人這類話題。

三千六百日圓的「鰻魚蓋飯，竹」很快就吃完了。

如果沒有點四千七百日圓以上的「松」，就不會附鰻肝湯。不過倒是可以免費續紅味噌湯。

「那你呢？有沒有女朋友？」

「沒有啊。」

「你早上不是也和誰一起吃早餐嗎？」

「我那是真的跟同事吃飯。」
「我聽說你在當司機，所以也是晚上工作？」
「我是下午到半夜，幾乎很少會到早上。」
「你可要好好注意身體哦。」
感覺又要變成一段令人煩躁的對話了。健太一點也不想說明自己的工作。
「以後有空再一起來吃鰻魚飯吧。」
健太說完便站起身。
然後兩人一如往常地開始說這一餐要由誰來買單，結果也像往常一樣，由母親來支付。
兩人走到店外，決定在電梯前告別。
「你可別讓女孩子哭哦。」
就在電梯門打開，母親正準備要走進去的時候，她小聲地嘟囔了一聲。
母親在等待電梯的人群中，最後一個走進去。接著她轉過身來，向健太揮了揮手，而她的笑容也在電梯門闔上的同時，默默地遮蓋。
在離開那個地方前，健太突然有點想從窗戶望向地面。
中央線、總武線、山手線、埼京線、湘南新宿線、小田急線、京王線，健太也不知道這無數條鐵路，各自是屬於哪條線路，不過列車一個接著一個，絡繹不絕地進出。

當健太調回視線時，正巧母親搭乘的電梯剛好通過三樓。

他還是好好地把工作的事情跟母親說吧。

心中突然閃過這麼一個念頭的健太，拔腿就往一旁的樓梯衝去，他打算追上母親，不停地往樓下狂奔。

儘管他不曉得，母親會在哪一層步出電梯。

嬉文化

末班車的神明大人：首班車的五點之後

（原名：終電の神様：始発のアフターファイブ）

著　者／阿川大樹
執 行 長／陳君平
榮譽發行人／黃鎮隆
協　理／洪琇菁
總 編 輯／陳昭燕
譯　者／UII
執行編輯／石書豪
美術總監／沙雲佩
美術編輯／陳姿學
國際版權／高子甯、賴瑜妗
文字校對／施亞蒨
內文排版／謝青秀

出　版／城邦文化事業股份有限公司 尖端出版
臺北市南港區昆陽街十六號八樓
電話：（〇二）二五〇〇－七六〇〇
傳真：（〇二）二五〇〇－二六八三
E-mail：7novels@mail2.spp.com.tw

發　行／英屬蓋曼群島商家庭傳媒股份有限公司城邦分公司 尖端出版
臺北市南港區昆陽街十六號八樓
電話：（〇二）二五〇〇－七六〇〇（代表號）
傳真：（〇二）二五〇〇－一九七九

中彰投以北經銷／楨彥有限公司（含宜花東）
電話：（〇二）八九一九－三三六九
傳真：（〇二）八九一四－五五二四

雲嘉以南／智豐圖書有限公司
（嘉義公司）電話：（〇五）二三三－三八五二
傳真：（〇五）二三三－三八六三
（高雄公司）電話：（〇七）三七三－〇〇七九
傳真：（〇七）三七三－〇〇八七

香港經銷／城邦（香港）出版集團有限公司
香港灣仔駱克道一九三號東超商業中心一樓
電話：（八五二）二五〇八－六二三一
傳真：（八五二）二五七八－九三三七
E-mail：hkcite@biznetvigator.com

新馬經銷／城邦（馬新）出版集團 Cite（M）Sdn. Bhd.
E-mail：cite@cite.com.my

法律顧問／王子文律師 元禾法律事務所
臺北市羅斯福路三段三十七號十五樓

二〇二四年五月一版一刷

■中文版■

郵購注意事項：
1.填妥劃撥單資料：帳號：50003021戶名：英屬蓋曼群島商家庭傳媒(股)公司城邦分公司。2.通信欄內註明訂購書名與冊數。3.劃撥金額低於500元，請加附掛號郵資50元。如劃撥日起 10～14日，仍未收到書時，請洽劃撥組。劃撥專線TEL：(03)312-4212 ・ FAX：(03)322-4621。E-mail：marketing@spp.com.tw

國家圖書館出版品預行編目資料

末班車的神明大人：首班車的五點之後 / 阿川大樹作；
UII 譯 . -- 一版 . -- 臺北市：城邦文化事業股份有限
公司尖端出版：英屬蓋曼群島商家庭傳媒股份有限
公司城邦分公司尖端出版發行，2024.05
面；　公分
譯自：**終電の神様：始発のアフターファイブ**
ISBN 978-626-377-679-1（平裝）

861.57　　113000801